오만한 문명에 대한 경고

아틀란티스의 비밀과 진실

오만한 문명에 대한 경고

오카다 히데오 지음
김도희 옮김

나무생각

■ 서문

태초의 초고대 국가 아틀란티스의 진실은?

1만 2000년 전 상상을 초월하는 고도문명

지구에서 멀리 떨어진 별까지 우주선을 날아가게 하고 육안으로 볼 수 없는 세계를 알아 낼 수 있는 때가 바로 우리가 사는 지금 이 시대이다. 하지만 인류는 시공을 자유로이 오갈 수 있는 기술은 아직 갖지 못했다. 그러나 만약 우리들이 시공을 자유롭게 오갈 수 있다면 제일 먼저 찾아가고 싶은 곳은 과연 어디일까? 그런 질문을 받게 될 때 흔히 듣는 대답이 '아틀란티스'가 아닐까 생각한다.

아틀란티스에 관한 이야기는 플라톤 시대부터 2000여 년에 걸쳐 뜨거운 논쟁의 대상이 되어 왔지만 인터넷의 시대가 된 오늘날까지도 확실한 해답은 얻지 못하고 있다.

메소포타미아 문명이나 고대 이집트 문명보다 더 시대

를 거슬러 올라간 일만 수천 년 전 초고대의 지구에는 상상
을 초월하는 고도의 문명이 번영하고 있었다.

전하는 바에 의하면 그 문명은 고도로 발달된 과학과 기
술 수준을 자랑하고 있었다. 하지만 그 문명에 대한 확실한
기록은 후세에 전해지지 않았다. 인류는 아틀란티스 시대
의 발달했던 문명을 완전히 잃어버린 뒤 밑바닥부터 다시
시작하는 문명을 일으켜야 했다.

왜 인류는 아틀란티스의 문명을 계승할 수 없었던 것일
까? 그런 의문은 두 가지 논쟁을 유도했다.

아틀란티스 신화설을 주장하는 사람들은 아틀란티스 문
명은 만들어진 이야기로 그런 문명은 지구상에 존재하지
않았고 인류의 문화는 약 7000년 전 원시적인 단계에서 싹
터 발전을 이룩했다고 해석한다.

반대로 아틀란티스 실재설을 주장하는 사람들은 '어느
날 인류 역사상 전무후무한 비극이 아틀란티스에서 일어
나 그 대륙은 하루 만에 두 동강이 나버렸다. 너무도 갑작
스런 천재지변으로 사람들은 바다나 강물 속으로 던져졌
고, 모든 도시와 마을은 그 충격으로 용암을 뿜기 시작한
화산의 불길 속에 삼켜졌다. 그래서 그 대륙은 아비규환의

지옥도를 그리며 이 지구상에서 사라졌다'고 주장한다.

문명을 전수하는 인간들이 갑자기 사라졌기 때문에 인류의 문명은 그 때 일단 종지부를 찍었다. 그 후 수천 년의 시간을 거치며 문명은 다시 싹트고 자라서 꽃을 피우고 열매를 맺게 되어 오늘날과 같은 고도의 문명을 이룩하게 되었다고 설명한다.

아틀란티스 대륙 멸망의 날은 대략 1만 2000년 전의 일로 추산되고 있다.

아틀란티스는 어디에 있는가?

아틀란티스가 가공의 대륙이었는가 또는 실제로 존재했던 문명이었는가 하는 논쟁은 최근에 와서 더욱더 뜨거워졌다. 그 원인이 된 것은 한 장의 지도였다. 아무리 봐도 아틀란티스 문명의 영향을 받은 것 같은 그 고지도에는 아틀란티스의 비밀을 알 수 있는 열쇠가 숨어 있었다.

그러나 아틀란티스가 가공의 대륙임을 주장하는 사람들은 한결같이 묻는다. '아틀란티스 문명이 정말로 존재했다면 그런 문명이 있었던 대륙은 어디에 있는가'라고 그 점을 밝히라고 주장한다.

물론 이제까지 몇 번이나 아틀란티스 대륙이 침몰한 곳이라고 지적된 곳이 있었다. 그 근거를 플라톤의 저서에서 찾으면 그 지역은 비미니 해역이나 바하마 섬들 가까이에 있는 해역이라고 할 수 있다. 혹은 포르투갈 해협에 있는 아조레스 군도를 둘러싼 일대를 언급하기도 한다. 그러나 아틀란티스 대륙이 있었던 장소가 마침내 밝혀질 기회가 다가오고 있는 것 같다.

아틀란티스 대륙은 현재 어디에 있는가.

그 질문의 대답에 힌트를 준 것은 〈피리 레이스의 지도(The map of Piri Reis)〉라고 불리는 한 장의 고지도(古地圖)였다.

그 지도는 1513년 터키의 해군 제독에 의해 만들어진 것으로 그 지도가 작성될 당시에 아무도 알 수 없었던 남극 대륙이 상세하고 정확하게 그려져 있었다.

어떻게 16세기의 해군 제독이 당시에 그 존재조차 알려지지 않았던 남극 대륙을 그토록 정확하게 그려낼 수 있었던 것일까? 그 수수께끼는 차츰 아틀란티스 대륙과 연관되면서 그 누구도 상상할 수 없었던 아틀란티스 대륙의 진상이 떠오르게 되었다.

이 책은 과학적인 사실과 객관적인 사실, 그리고 다소의 상상력도 가미하여 아틀란티스 대륙이 어디에 있는가를 제시하기 위해 쓴 책이다.

그럼 본문으로 들어가자. 지구의 불가사의, 인류역사의 불가사의를 읽으면서 독자들은 흥분하게 될 것이다.

오카다 히데오

차

례

II

이상국가

III

남극 대륙은 아틀란티스였다

IV

되살아나는 아틀란티스의 진실

I

수수께끼

피리 레이스 지도의

모험가들이 만든 지도

지금 우리들의 머리 위에는 수많은 인공위성이 떠다니고 있다. 그런 인공위성이 보내오는 지구화상이나 텔레비전에서 매일 보는 기상예보를 통해 세계의 지형에 익숙해진 현대인들은 지도를 만드는 것이 그다지 어려운 일이라고 생각하지 않을 것이다. 하지만 위성자료 같은 것이 없던 시절에 사람들은 어떻게 광대한 육지나 바다의 지도를 만들 수 있었을까, 상상만 해도 흥미롭다.

히사시가 쓴 《사천만보(四千万步)의 사나이》는 현대의 측량술이 확립되기 이전 시대에 지도를 만드는 것이 얼마나 어려운 일인가 설명하고 있어 흥미롭다.

에도(江戶) 시대, 밀려오는 외국의 압력으로부터 나라를 지키기 위해서도 에조(북해도의 옛이름) 지역 측량의 중대함을 느끼게 된 이노우 다다나가(伊能忠經)는 에조 땅 지도작성의 중대함을 막부에 호소하여 승인을 받아 일본 전국 연안 측량의 길을 떠났다. 그 여행은 그가 56세에서 72세까지 16년 간의 험난하고 긴 것이었다. 그러나 그보다 더 놀라운 것은 그 당시에 지도를 작성하는 데는 상상을 초월하는 노력이 필요했다는 점이다. 이노우 다다나가는 일본 전국의 연안선을 직접 보측(步測)하여 거리를 측정하고 지도를 작성하려고 결심했던 것이다.

여행을 떠나기 전 이노우는 매일 일정한 속도와 보폭으로 걸을 수 있도록 자신을 훈련하는 데 모든 노력을 아끼지 않았다. 그가 이러한 훈련에 전력한 이유는 하루에 몇 시간을 걸을지라도 똑같은 보폭으로 걷지 않는다면 의미가 없기 때문이었다. 그야말로 로봇과 같은 일정한 보폭을 습득하게 되자 그는 자석을 들고 지도를 작성하는 보측의 길을 떠났다. 그리하여 1821년 〈이노우의 지도〉가 완성되었다. 그러나 그 때 이미 이노우 다다나가는 세상을 떠난 뒤였고, 그의 제자였던 다까하시 가게야수(高橋景保)가 지도를 완성했다.

이렇게 실측을 통해 지도가 만들어진 것은 이노우 시대처럼 근대에 와서 행해진 일이었다. 그 당시의 지도는 배를 타고 항해하면서 육안이나 간단한 도구로 측정한 섬의 모양과 별의 위치를 비교하여 만든 것이기 때문에 대부분 정확도가 떨어졌다.

현재 역사상 가장 오래된 고지도는 평평한 대지 위에 돔같이 하늘이 덮혀있는 〈고대 그리스의 세계지도〉, 약 8000지점에 이르는 세계 각지의 경위도(經緯度) 수치를 기본으로 하여 처음으로 세계전도가 그려진 〈프톨레마이오스 지도〉, 어찌된 영문인지 남쪽이 위로 그려진 〈이슬람의 지도〉 등이 있다.

지도 제작이 왕성했던 시기는 항해술이 크게 발전한 13세기~15세기경이었다. 이 항해술의 진보는 대항해 시대, 서구의 대식민지 시대로 이어진다. 이 시대에 그려진 지도는 작은 배로 용감하게 대양(大洋)을 항해하던 사나이들이 바다에서 바라본 해안선을 따라 그려졌기 때문에 육지의 위치는 대략 알 수 있었으나 그 형태나 크기는 대충 그려진 것이었다. 뱃사람들에게는 육지의 크기 같은 것은 그다지 문제되지 않았고 대개 어디쯤에 섬이 있는가를 아는 것이 목적이었다. 그런 것만 알면 항해에 필요한 물이나 식량을 보급받을 수 있었기 때문이다.

그런 지도를 포르투라노(Portulano, 항해지도)라고 하는

데 그것들은 대부분 연안의 각 지점 위치가 자북극(磁北
極)에 대해 바르면 되기 때문에 공상으로 그려진 것 같이
정확하지 않았다. 하지만 땅의 크기가 아무렇게나 그려진
그 지도들은 오히려 그런 독특한 매력으로 적지 않은 애호
가들이 있다. 그래서 어느 박물관에서나 고지도는 인기 있
는 전시물 중의 하나이다.

의문의 고지도

   세계의 상식을 크게 뒤흔들었던 이 고지도는 오랫동안
알려지지 않은 채 미국 워싱턴 국립박물관 보존창고 속에
서 먼지를 덮어쓴 채 포르투라노로 분류되어 있었다. 그 지
도는 가젤 양피지에 섬세하고 꼼꼼하게 그려진 완성도가
높은 것이었으나 오른쪽이 거의 반쯤 찢겨졌기 때문에 박
물관 소장품으로서의 가치는 반감되어 있었다. 황홀한 빛
을 뿜는 다이아몬드도 보석에 관심없는 사람들에게는 유
리알과 다름없듯이 그 고지도 또한 가치를 몰랐기 때문에
오랫동안 잊혀져 있었다. 그런데 어느 날 그 지도가 관심의

대상으로 떠오르게 된 것이다.

1956년 어느 날 미국인 알링턴 맬러리(Allington Mallery)는 워싱턴 국립박물관 보존창고에 들어갔다가 우연히 그 지도를 보게 되었다. 그것이 어떤 지도인지 알게 된 순간 그는 흥분한 나머지 온몸이 떨리고 안색도 창백해졌다. 동행했던 동료들이 놀라서 말을 걸어도 그는 잠꼬대같이 중얼거리기만 했다.

"아틀란티스…, 아틀란티스의 지도가 있다."

만약 맬러리가 지도 전문가가 아니었다면 동료들은 그가 고열이나 격무로 인해 일시적 정신착란에 빠진 것으로 오해하고 곧장 병원으로 데려갔을 것이다. 그러나 맬러리는 미국 공군의 항공부에서 해로(海路)나 항로에 관한 연구를 하는 자타가 공인하는 지도 전문가였다. 그래서 그는 박물관장에게 간곡히 부탁했다.

"이 지도를 조금 더 상세히 연구하게 해주십시오."

지도 전문가인 맬러리를 그토록 흥분하게 만든 그 고지도는 과연 어떤 것이었을까.

바다를 건너 온 〈피리 레이스의 지도〉

맬러리의 요청은 받아들여졌고 그는 틈틈이 고지도의 정체를 찾기 위해 연구를 시작했다. 박물관에 있는 모든 소장품에는 그 유래와 그곳으로 오게 된 경위가 정확히 기록되어 있었다. 자료에 의하면 그 지도는 이전부터 〈콘스탄티노플의 지도〉라고 불렸다고 한다.

콘스탄티노플은 터키의 수도 이스탄불의 옛이름이다. 그러나 그 고지도는 이스탄불을 묘사한 것이 아니었다. 박물관의 기록에 의하면 그 지도는 우연한 기회에 콘스탄티노플에서 미국으로 건너온 것으로, 지도에 그려져 있는 것은 아프리카의 서해안과 남아프리카 동해안 근처였다.

콘스탄티노플은 오스만 터키의 메흐메드(Mehmed) 2세가 세운 토푸카피(Topukapi) 궁전으로 그 아름다움이 세계에 널리 알려진 도시이다. 터키는 동서 문화가 교류하는 지점이며 동서의 부(富)가 만나는 곳이다. 이런 중요한 지형적 위치로 중세 이스탄불은 번영의 극치를 이룬 풍요로운 도시였다. 그 풍요로움을 마음대로 할 수 있었던 왕이 얼마나 사치스럽게 살았는가를 상상하게 하는 유물들이 지금

토푸카피 궁전

〈피리 레이스의 지도〉가 보관되어 있던 토푸카피 궁전은 이스탄불에서 가장 아름다운
명소 중의 하나로 손꼽힌다. 오스만 터키 시대의 색다른 문화양식을 엿볼 수 있는 다양
한 건축물이 있으며 현재는 토푸카피 박물관으로 사용된다.

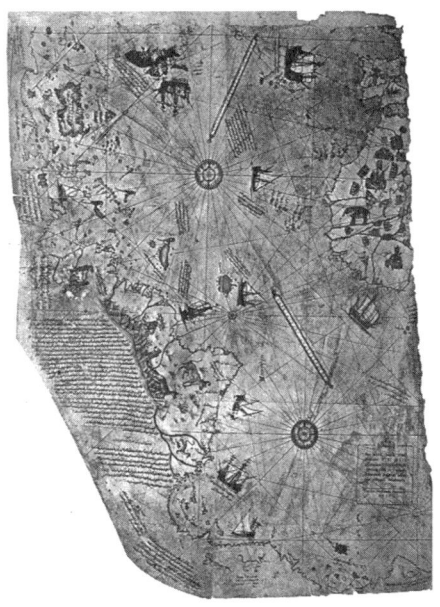

피리 레이스의 지도

1513년 터키의 해군 제독 피리 레이스에 의해 그려진 것으로 유럽의 일부와 아프리카의
서부 해안, 남아메리카의 서부, 빙산에 덮히지 않은 남극 대륙의 해안선을 볼 수 있다.
이로써 그 당시의 뛰어난 지도 작성기술을 엿볼 수 있다.

도 토푸카피 궁전에 전시되어 있다. 커다란 보석으로 장식된 왕의 검(劍)은 대표적인 유물이라 할 수 있다.

1924년 토푸카피 궁전이 공개되었을 때 하나의 지도가 발견된 사실이 확실히 기록되어 있다. 지도에는 그것을 만든 사람의 이름이 서명되어 있었다. 터키의 해군 제독 피리 이븐 하지 매두도. 그 서명 때문에 아직도 그 지도는 〈피리 레이스(Piri Reis)의 지도〉라고 불린다. 그 서명 옆에는 섬세한 글씨로 '1513년' 이라고 지도를 작성한 해와 작자의 설명이 첨부되어 있었다.

'이 지도는 많은 고지도를 바탕으로 하여 만든 것이다. 주로 도움이 된 것은 알렉산더 대왕 시대의 지도 등 약 20매에 이르는 고지도를 참고로 한 것이다' 라고 쓰여 있었다.

콘스탄티노플의 토푸카피 궁전에 있던 그 지도가 어찌하여 미국의 국립박물관에 소장되어 있는 것일까. 그 이유나 내력은 알 수 없다.

일설에 의하면 토푸카피 궁전을 방문했던 미국 청년여행자 피터 비겐스키가 터키 마지막 술탄의 공주와 사랑에 빠졌다. 그러나 엄격한 이슬람 계율은 술탄 왕의 피를 이은 공주가 이교도인 타국 청년과 결혼하는 것을 허용하지 않았기 때문에 두 사람은 애달픈 이별을 하게 되었다. 둘이 헤어지는 순간 공주는 가보(家寶)였던 지도를 몰래 가지고 나와 사랑하는 청년에게 정표로 주었다는 이야기가 전해지고 있다.

공주의 아버지는 고지도를 수집하는 취미를 갖고 있었는지도 모른다. 따라서 왕이라는 위치를 이용하여 소장품인 지도를 궁으로 가져가서 때때로 꺼내보며 즐기다가 그런 일을 당했을 것이다.

어떤 경위로 해서 그 지도가 미국으로 건너가게 되었든 간에 〈피리 레이스의 지도〉가 미국으로 건너가게 된 것은 다행스런 일이었다. 그것이 미국에 있었기 때문에 맬러리의 눈에 띄게 되었고, 그 후 그 지도가 지닌 커다란 수수께끼가 세계의 이목을 끌게 되었기 때문이다.

발견 전의 남극 대륙이 그려져 있는 불가사의

〈피리 레이스의 지도〉를 처음 보았을 때 맬러리가 '아틀란티스의 지도가 있다'고 신음하듯 중얼거린 것을 본 확실한 목격자가 있었다. 하지만 맬러리는 그 후 그렇게 말한 것에 대해서 언급하지 않았다. 실제로 맬러리는 아틀란티스에 대해 깊은 관심을 갖고 있지 않았다. 그랬던 그가 '아틀란티스의 지도가 있다'고 중얼거리게 된 것은 하늘의 뜻이 맬러리의 잠재의식에 작용한 것인지도 모른다.

맬러리가 놀란 것은 당시 미국 해군이 최첨단의 정보로 만든 지도의 가장 중요한 부분인 남극 대륙의 해안선과 같은 해안선이 〈피리 레이스의 지도〉에 정확하게 그려져 있었기 때문이다. 그 프로젝트에 참여하고 있던 맬러리는 한눈에 그것을 알아보았다. 앞에 말한 것과 같이 〈피리 레이스의 지도〉에 그려진 것은 아프리카 서해안, 남아프리카 동해안 일대였지만 그 앞으로 또 하나의 대륙 해안선이 그려져 있는데 위치상으로 남극 대륙이 틀림없었다.

현재 상공에서 보면 남극과 북극은 모두 두터운 빙산만 보일 뿐 특별히 다른 점은 보이지 않는다. 그러나 남극에는 큰 대륙이 있는 반면 북극은 빙산 밑이 모두 바다이다. 인류가 그 차이를 명확히 알게 된 것은 남극 대륙을 발견한 19세기에 이르러서였다.

〈피리 레이스의 지도〉는 그 이전에 그려진 지도였는데

어떻게 남극이 대륙인 것을 알고 있었던 것일까. 그리고 어떻게 두터운 빙산 밑에 숨어 있는 대륙의 해안선을 그토록 정확하게 파악할 수 있었던 것일까.

더욱이 지도의 작성자인 피리 제독이 지도 옆에 써놓은 주석에 의하면 그 지도는 1513년경의 지식을 기초로 한 것이 아니라 알렉산더 대왕 시대에 만들어진 여러 고지도를 바탕으로 하여 그려졌다고 했다. 알렉산드리아는 기원전 3세기 때 인류 역사상 처음으로 세계정복을 감행한 알렉산더 대왕이 이룩한 고대도시이다.

그렇다면 어떻게 알렉산더 대왕 시대의 지도에 남극 대륙이 그려져 있었던 것일까. 1818년까지 그 존재가 알려지지 않았던 남극 대륙을 어떻게 기원전 3세기의 사람들이 알고 있었던 것일까.

미국 공군 중령도 인정했다

남극 대륙이 발견된 것은 1818년이었지만 두터운 빙산 밑이 어떤 상태인지 알게 된 것은 지진파 측정이나 음파에 의한 측정법이 확립된 1950년 이후였다. 1949년 스웨덴과 영국의 남극 대륙 조사단이 빙판 위에서 지진파 측정을 한 뒤에야 겨우 남극 대륙의 해안선이 확실해졌다. 또 1956년 미군이 음파탐지기로 조사한 결과 남극 대륙에는 산맥이 있다는 사실을 알아냈고 그 산맥에 솟아 있는 산들의 높이도 측정할 수 있었다. 그 성과에 미군은 의기양양했다. 그들은 그 발견이 인류 역사상 처음으로 이룩한 쾌거라고 믿었기 때문이다.

미군에 근무하고 있던 맬러리도 그런 사람 중의 하나였다. 그런데 미군이 남극 대륙에 산맥이 있다는 대발견에 들떠 있던 그 해 맬러리는 남극 대륙의 해안선과 대륙 속에 있는 산맥, 강, 갑(岬)까지 상세히 그려진 고지도를 발견했던 것이다. 따라서 맬러리가 고지도를 보고 그렇게 놀랐던 것은 당연한 일이다.

〈피리 레이스의 지도〉는 곧바로 큰 화제가 되어 미국 전역으로 퍼졌다. 첫 반응은 그 지도가 위조되었다는 것이었다. 아무리 생각해도 지도에 그려진 해안선의 정확함이나 대륙의 내부까지 상세히 그려진 정밀함 등을 볼 때 초고층의 상공에서 항공기로 촬영한 자료를 바탕으로 그려진 것이며, 최근에 누군가가 항공기에서 찍은 사진을 이용하여 고지도의 수법으로 그린 것이 아닌가 하는 의혹을 받았던 것이다.

그러나 고문서 전문가나 역사가에 의해 이 지도는 최근에 만들어진 것이 아니고 작자가 명시한 연대인 16세기 초에 작성된 것으로 밝혀졌다. 〈피리 레이스의 지도〉는 1513년에 틀림없이 피리 제독에 의해 만들어진 것이었다.

피리 제독은 오스만 터키 제국의 중흥기였던 16세기에 해군 총독으로 많은 해전에서 빛나는 승리를 거두며 터키 역사에 찬란한 이름을 남긴 인물이다. 그렇기 때문에 그는 토푸카피 궁전에 자유롭게 출입할 수 있었고 터키 왕의 자랑스러운 수집품이었던 알렉산더 대왕의 고지도들을 볼 수 있었을 것이다. 해군 제독이었던 피리 제독이 해도(海圖)에 특별한 흥미를 느낀 것은 당연한 일이다. 또한 고지도를 세밀하게 모사한 것을 보면 아마 그는 그림 그리는 재능이 뛰어난 사람이었을 것이다.

하지만 이런 의문도 갖게 된다. 과연 〈피리 레이스의 지도〉에 그려진 대륙이 남극 대륙인가 하는 점이다. 어쩌면 남극과 비슷한 형태의 다른 대륙이지 않았을까.

이러한 의문에 정확한 판정이 내려졌다. 미 공군의 해롤드 Z. 올메이어(Harold Z. Ohlmeyer) 중령이 '이 지도는 남극 대륙의 퀸모드랜드(Queen Maud Land) 지방 프린세스 마사 해안과 파머(Palmer) 반도를 그린 것이 맞다'며 그 지도를 정식으로 인정했다. 올메이어 중령의 해석엔 이런 구절도 있었다. '현재 이 지방의 빙층(氷層)은 1.6km나 됩니다. 그러나 1513년 당시의 지리적 지식 수준으로 볼 때 어떤 자료로 이런 지도를 작성할 수 있었는지 전혀 이해가 되지 않습니다.' 현명한 독자 여러분은 이미 느끼고 있겠지만 올메이어 중령은 이렇게 말하고 싶었을 것이다. '이 지도의 원본이었던 고지도가 작성된 기원전 3세기의 지리적 지식을 생각할 때 어떤 정보에 의해서 이런 지도를 그릴 수 있었는지 도무지 상상할 수 없습니다.'

놀라운 지도는 다른 곳에도 있었다

남극 대륙에서도 남쪽 끝에 가까운 퀸모드랜드 지방 연안은 남극 대륙의 빙결이 후반부터 서서히 시작된 것을 보여준다. 지구가 빙하기와 해빙기를 반복한 것은 잘 알려진 사실이지만 남극 대륙이 현재처럼 얼지 않았던 가장 가까운 시기는 기원전 1만 3000년부터 기원전 4000년까지의 약 9000년 간이라고 한다. 따라서 이 오차에서 현대에 가장 가까운 수치를 택한다 해도 남극 대륙 전역이 빙산에 뒤덮힌 것은 6000년 전이다. 6000년 전이라면 역사학적으로 볼 때 지구상에 인류 최초 문명의 서광이 비치기 시작한 때였다. 세계 최고의 문명으로 알려진 메소포타미아 문명의 탄생이 기원전 4000년경에 이르러서였다.

그러나 그런 시기에 고도로 발달된 문명이 있어서 항공 사진으로 촬영한 것처럼 남극 대륙의 연안선을 정확히 파악할 수 있는 기술을 확립했다고 생각할 수 있을까. 〈피리 레이스의 지도〉가 알렉산더 대왕 시대의 여러 지도를 참고로 해서 그려졌다면 다른 곳에서도 비슷한 지도가 있지 않을까. 혹은 같은 때에 고지도를 옮겨 그린 지도가 따로 있지 않을까.

만약 남극 대륙을 그린 것이 〈피리 레이스의 지도〉뿐이라면 피리 제독의 상상력만으로 그려진 대륙이 우연히 남극 대륙을 닮았다는 가능성도 배제할 수 없다. 그러나 중세

혹은 그 이전의 지도에 〈피리 레이스의 지도〉와 같은 남극 대륙이 그려져 있다면 수수께끼 풀이는 새로운 출발을 하게 된다.

중세 지도의 원본이 된 알렉산더 대왕 시대의 고지도에, 어떻게 1818년까지 미지의 대륙이었던 남극 대륙이 그려져 있었던 것일까.

그런 의문에 과감히 도전한 사람이 뉴햄프셔 주립 퀸 대학의 지질학 교수 찰스 햅굿(Charles Hapgood)이다. 햅굿 교수는 지형 역사학에 관해서는 남다르게 뛰어난 판단력을 지닌 사람이었다. 그는 방학 기간을 이용해 워싱턴의 의회도서관에서 〈피리 레이스의 지도〉와 동시대 혹은 그 이전의 지도를 있는 대로 보았다. 워싱턴의 의회도서관에는 그 시대의 고지도만도 엄청나게 많은 양이 보관되어 있었다. 그 지도들의 대부분은 포르투라노라고 불리는 것으로 〈피리 레이스의 지도〉 같은 놀라운 정밀성은 지니지 못했다. 그러나 햅굿의 조사결과 14~15세기 사이에 그려진 지도 중에서 〈피리 레이스의 지도〉의 남극 대륙과 같은 대륙이 그려진 지도가 몇 장 발견되었다. 그 중에서도 주목할 만한 것은 〈오론테우스 휘나에우스(Oronteus Finaeus)의

오론테우스 휘나에우스의 지도

16세기 지도에는 19세기까지 발견되지 않았던 현재의 남극지역이 그려져 있다. 피리 레이스에 의해 그려진 지도와 같이 얼음에 덮이지 않은 남극지역이 잘 묘사되어 있다.

지도〉일 것이다.

그 지도는 1531년에 작성된 것으로 〈피리 레이스의 지도〉보다 20년 정도 뒤에 그려졌지만 남극 대륙의 전경이 묘사되어 있고 남극점, 해안선, 산맥, 강, 그리고 로스(Ross)해에 있는 작은 섬까지 상세히 그려져 있었다.

그 이외에도 〈무명차트 1424년 지도〉, 〈안드레아 페닝가사 1463년 지도〉, 〈안드레아 페닝가사 1482년 지도〉, 〈칸테이노 1502년 지도〉, 〈하미킹그 1502~1504년 지도〉 등 남극 대륙이라고 확신할 수는 없지만 현재의 지도상에선 볼 수 없는 수수께끼의 섬이 그려진 지도가 몇 장 발견되었다.

〈페닝가사 1463년 지도〉는 북미 대륙을 발견한 콜럼버스가 항해할 때 가져간 것으로 유명하지만 그 지도에서 대서양으로 보이는 곳에 '야만도'와 '안테일'이라는 이름을 가진 2개의 섬이 그려져 있다. 그 두 섬은 〈하미킹그 지도〉에는 남과 북으로 걸쳐 있는 긴 섬으로 변해 있고 〈칸테이노 지도〉에서는 다시 2개로 갈라져 있다.

〈페닝가사 1463년 지도〉와 〈칸테이노 1502년 지도〉는 같은 지도를 원본으로 하여 그려진 것 같지만 원본에서 모사하고 다시 모사하는 일을 되풀이하면서 처음에는 약간 달

랐던 것이 점점 더 큰 차이를 만들지 않았나 추측하게 된
다.

이러한 과정만으로 햅굿의 조사는 매우 간단히 끝난 것
으로 추측될 것이다. 그러나 실제로 햅굿은 10년이라는 짧
지 않은 세월 동안 그 일을 했고 퀸 대학에서 가르치던 제
자들도 많이 동원되었다. 그렇게 긴 세월 동안 연구한 끝에
햅굿은 '인류는 남극 대륙이 빙산에 뒤덮히지 않았던 시대
를 알고 있었다' 는 결론에 도달한 것이다.

남극 대륙은 아틀란티스 대륙이었다

햅굿 교수는 기원전 4000년 이전의 지구 모습을 알고 있
는 인류가 있었다는 것, 그 인류는 현재의 초고속 사진에
의해 그려진 것과 같은 지도를 작성할 수 있을 만큼 대단히
높은 문명을 지녔다는 것, 그 문명을 구축한 사람들은 그
모습을 드러내지 않지만 그 문명의 흔적은 그 지도들처럼
가느다란 명맥으로 오늘날까지 전해온다고 주장했다. 그리
고 그 문명이야말로 아틀란티스라고 감히 말했던 것이다.

또 햅굿은 이렇게 말했다.

"〈페닝가사 1463년 지도〉에 그려진 2개의 섬 중에서 남쪽에 있는 큰 섬은 '안테일'이라고 적혀 있습니다. '안테일'이란 아틀란티스와 어원을 같이 하는 이름입니다. 또 〈피리 레이스의 지도〉에서도 남쪽으로 '안테리아'라고 쓰여진 지명이 보입니다. 이 역시 아틀란티스와 어원을 같이 하는 지명이라고 말할 수 있겠죠."

햅굿은 고대의 어느 시대, 적어도 중세의 〈포르투라노 지도〉나 〈피리 레이스의 지도〉, 〈오론테우스 휘나에우스 지도〉 등의 바탕이 된 고지도가 작성되었던 시대에 아틀란티스 대륙의 전모가 확실하게 적혀 있었을 것이라고 말하고 싶었을 것이다.

그 증거로 햅굿은 일련의 고지도 분석결과를 엮어 1966년 《고대 해왕의 지도》라는 책을 출판했다. 그 책에서 그는 확실히 말하고 있다.

"〈피리 레이스의 지도〉 등에 참고가 된 원지도(原地圖)는 아마 정거방위도법(正拒方位圖法)으로 그려진 것이며 그 원지도의 기원은 그리스 이전의 문명에서 이루어진 것이다. 그 문명을 이룩한 사람들은 이미 지구가 둥글다는 것을 알고 있었고, 지형측량은 구면삼각법에 기초한다는 고도의 지식을 갖고 있었고, 기술적으로도 상당히 발달했던 것으로 확신된다. 그 문명이란 전설의 아틀란티스였을 가능성이 높다."

햅굿은 고지도 연구에 반생을 보냈다. 그 방대한 연구 결과, 그는 '전설의 아틀란티스 문명이 실존했었다는 확실한 근거를 갖게 되었다'고 발표했다. 또 '아틀란티스는 확실히 존재했다. 그 문명의 무대가 된 대륙은 남극 대륙이었다'고 말했다.

또한 〈피리 레이스의 지도〉에 그려진 남극 대륙은 빙산에 묻히기 전의 대륙으로서 아틀란티스 대륙 그 자체였던 것이다. 아틀란티스 시대에는 그 대륙에 문화생활을 영위하는 사람들이 살고 있었고 빙산에 파묻혀 있지는 않았을 것이다.

특히 아틀란티스 사람들은 고도로 발전된 측량술을 가지고 있었다. 그래서 미국 항공우주국(NASA)이 현대에 와서야 완성시킨 남극지도에 필적하는 정확한 남극지도를 만들 수 있었던 것이다.

고대 지도에서는 아틀란티스 지도의 자취를 볼 수 있었

던 것 같다. 따라서 그것을 옮겨 그린 〈피리 레이스의 지도〉가 남극과 똑같은 해안선을 그리고 있는 것은 당연하다. 피리 레이스가 그린 아틀란티스 대륙과 미국 항공우주국이 그린 남극 대륙은 원래 같은 대륙이기 때문이다.

이상이 햅굿이 주장한 학설의 주요 내용이다.

그러나 역사의 첨단을 가는 연구들이 대부분 그렇듯이 햅굿의 연구도 호평에 못지 않은 비판을 받았다. 하지만 20세기 최고의 물리학자로 알려진 앨버트 아인슈타인은 햅굿의 연구에 찬사를 아끼지 않은 사람 중의 하나였다. 그래서 햅굿의 저서에 다음과 같은 추천의 말을 쓰기도 했다.

'햅굿 교수의 학설은 독창적이며 알기 쉽게 저술되어 있다. 앞으로 이 학설이 증명된다면 지구의 역사를 연구하는 데 큰 공헌을 하게 될 것이다.'

되살아나는 아틀란티스의 전설

이쯤에서 햅굿이 한 말의 의미를 설명할 필요가 있을 것 같다.

포세이돈

아틀란티스인들은 바다의 신 포세이돈과 인간인 크레이톤 사이에서 태어난 다섯 쌍의
쌍둥이를 선조로 삼았다.

역사적으로 전해오는 이야기들 중에는 전설인지 신화인지 구분되지 않는 것도 적지 않다. 아틀란티스 대륙이나 아틀란티스 문명은 실재했는가, 혹은 아틀란티스에 관한 이야기는 상상의 산물에 지나지 않는가. 이에 관한 것은 긴 역사를 통해서 이견(異見)이 끊이지 않았던 논제이다. 하지만 현대에 이르는 지금까지도 그 해답을 얻지 못하고 있다. 아직까지 아틀란티스 문명은 세계사 최대의 수수께끼이며 그 해명이야말로 인류 과제 중 하나인 것이다.

다음 장에서도 자세히 소개하겠지만 아틀란티스 문명은 지금으로부터 약 1만 2000년 이전 시대에 존재했었다고 전해진다. 지구 대륙은 현재와 다른 모습을 하고 있었다.

그 때 존재했던 대륙 중에 아틀란티스라는 이름을 가진 대륙이 있었다. 아틀란티스 대륙은 온후한 기후의 혜택을 받아 아름다운 수목이 울창하고 먹거리도 풍부해서 무엇 하나 부족함이 없는 자유롭고 평화로운 곳이었다.

아틀란티스 사람들은 바다의 신 포세이돈과 인간인 처녀 크레이톤 사이에서 태어난 다섯 쌍의 쌍둥이를 그들의 선조로 삼고 있다. 그 10명의 아이들은 대대로 왕이 되어 궁전, 신전, 항구, 선착장 등을 건설하며 거대하고 화려한 수도를 이룩했다. 그 수도는 언덕 위에 있었고, 언덕 저편으로 높은 산이 하나 솟아 있었다. 수도에는 삼중(三重)의 수로(水路)가 있었고, 사람들은 이 수로를 이용하여 작은 배를 타고 어느 곳이나 자유롭게 다녔다.

또한 도시에는 온천도 있고, 차가운 샘도 있었으며, 커다란 음식점과 극장도 있었다. 도시의 배후(背後)에는 풍부한 식량을 공급할 수 있는 평야지대가 펼쳐져 있었다. 평야가 끝나는 곳에서는 산악지대가 시작되며 그곳에서는 목축이 번성하여 소나 양들이 평화롭게 풀을 뜯고 있는 광경을 흔히 볼 수 있었다. 그들은 목축기술에도 능숙하여 모든 종류의 가축을 사육하며 풍요로운 생활을 했다. 그래서 아틀란티스에 살던 사람들은 현대인의 눈으로 보아도 전혀 손색이 없는 발달된 문명을 즐기고 있었다.

오늘날의 우리들은 고대 이집트에서 꽃피웠던 장대한 피라미드 문명, 그리스를 무대로 전개되었던 지적인 문명, 모헨조다로와 같은 인도에서 번영했던 도시문명, 남미의 산중에 구축되었던 잉카 문명 등과 같은 불가사의한 문명의 흔적을 찾아갈 수 있다. 그 중에는 너무도 황폐해져 문명의 흔적을 겨우 느끼게 하는 곳도 있지만 그런 문명의 유적들은 역사의 긴 시간을 절실히 느끼게 하는 무엇이 있다. 그러나 아틀란티스의 문명에 관해서는 그런 일이 불가능하다. 현재 지구상에서는 아틀란티스 문명의 유적을 찾아볼 수 없기 때문이다.

만약 아틀란티스 대륙의 전설이 진실이라면 인류 역사상 최대의 비극으로 막을 내린 곳이 된다. 전설에 따르면 아틀란티스 대륙은 어느 날 한 번의 낮과 한 번의 밤 사이에 화산의 폭발, 대지진, 홍수, 회오리바람 같은 천재지변을 겪게 되어 대륙이 나무통처럼 두 쪽으로 갈라져 바다에 침몰했다고 한다. 그리고 그곳에 살던 사람들도 순식간에 바닷속으로 삼켜지고 말았다. 그 비극은 아틀란티스에 살던 사람들의 오만하고 잘못된 생활을 본 신이 못마땅하게 생각한 결과라고 했다.

아틀란티스 사람들은 풍요로운 생활과 높은 문명을 자랑하게 되자 현재의 생활이 자신들의 뛰어난 두뇌나 노력의 결과만으로 획득한 것이라 생각하고 차츰 신의 커다란 은혜에 감사하는 것을 잊어 갔다. 따라서 일도 열심히 하지 않고 신을 공경하는 경건한 생활태도도 실천하지 않았다. 물론 신은 몇 번이나 경고했지만 오만해진 아틀란티스 사람들의 귀에는 들리지 않았다. 결국 신은 아틀란티스를 지구상에서 영원히 없애버릴 수밖에 없다는 결론을 내렸다.

현재 아틀란티스와 같이 지구상에서 그 흔적을 발견할 수는 없지만 그 찬란했던 문명이 전설처럼 남아 있는 경우가 있다. 그것은 레무리아 대륙이나 뮤 대륙 같은 예에서 볼 수 있다. 하지만 그런 대륙 중에서도 특히 아틀란티스 대륙에 대해서만은 실재했던 대륙인가, 신화에 지나지 않는가 하는 논쟁이 끊이질 않는다. 그렇게 되는 데는 이유가 있다.

인류가 자랑하는 철학자들 중 한 사람인 고대 그리스의 플라톤은 그의 저서에 아틀란티스에 관한 것을 명시하고 있다. 플라톤의 언급을 토대로 아틀란티스는 실재했던 문명이 틀림없다고 생각하는 사람이 현재에도 많다. 고고학자들 중에는 바닷속으로 침몰한 아틀란티스 문명의 흔적을 발견하기 위해 세계의 모든 바다를 탐사하는 데 생애를 바치는 사람들도 적지 않다.

알렉산더 대왕이 걸어갔던 길

햅굿 교수가 〈피리 레이스의 지도〉에 그려진 의문의 대륙 연구에 10여 년이라는 긴 시간을 보낸 배경에는 아틀란티스 대륙의 수수께끼를 규명하려는 강한 의지가 있었음이 분명하다. 피리 레이스의 메모에 의하면 '이 지도는 알렉산더 대왕 시대부터 전해오는 고지도를 원본으로 하여 그렸다' 고 쓰여 있다. 그리고 그 고지도를 원본으로 하여 그려진 다른 지도도 발견되었기 때문에 '알렉산더 대왕 시대에는 남극 대륙에 대해 자세히 알고 있던 사람들 혹은 남극 대륙에 대해 전해오는 이야기를 아는 사람들이 확실히 존재했었다' 고 단정해도 좋을 것이다.

알렉산더 대왕은 마케도니아의 국왕으로서 기원전 336년에서 기원전 323년까지 집권했다. 정확히 말하면 알렉산더 3세이다. 대왕은 즉위할 때 약관 20세의 젊은이였다. 그 시절 그리스에는 아테네, 테베 같은 도시국가가 급격하게 대두되었다. 그 때문인지 알렉산더 대왕의 부친 필리포스(Pilippose) 2세도 의문의 암살로 세상을 떠났다. 그런 상황 속에서 그는 즉위 직후부터 마케도니아의 영토를 확장하

알렉산더 대왕의 이수스(Issus) 전투

기원전 334년 봄, 페르시아를 공격한 알렉산더 대왕은 계속해서 동쪽으로 진군했다. 그리고 기원전 333년 11월에 시리아의 북쪽에 위치한 이수스에서 페르시아의 다리우스 왕과 마주치게 되었다. 페르시아의 군대 규모는 정확히 알려지지 않았으나 알렉산더 대왕의 병사보다 훨씬 많았다. 그러나 이수스 전투에서 알렉산더 대왕은 큰 승리를 거두었다.

였으며, 그리스에서 최고의 대국을 건설하려는 야망을 갖게 되었다.

당시의 전쟁은 기마병이나 보병들이 육로로 공격하거나 전함을 타고 바다에서 적지로 들어가 공격하는 것이 주된 전략이었다. 어떤 전략이라도 정확한 지도를 입수하는 것은 승리를 좌우하는 최대 무기를 갖는 것과 같았기 때문에 그 시대 지도는 최대의 전략병기였다.

기원전 334년, 페르시아 정복을 시작한 알렉산더 대왕은 전투에 시달린 심신을 쉴 틈도 없이 이집트를 정복하기 위해 군대를 다시 진군시켰다. 기원전 332년의 이집트는 무서운 더위에 시달리고 있었다. 게다가 대왕의 군대는 시나이 반도를 지나게 되었다. 그 땅은 모세가 유대인들과 이집트인들을 데리고 탈출할 때도 몇 번이나 신에게 도움을 청한 거친 땅이었다. 어디를 봐도 돌과 사막이 전부인 그곳은 더위에 목이 타도 물조차 구하기 어려운 곳이었다.

빈사상태로 겨우 시나이 반도와 사막지대를 빠져나온 알렉산더 대왕과 군대는 이집트의 항구 라코티스(Rhacotis)에 도착했다. 라코티스는 지중해에 접하고 있었을 뿐만 아니라, 나일강의 델타 지대에 위치하여 풍요로운 물의 혜택

을 받는 곳이기 때문에 대왕을 비롯한 병사들은 푸른 바다
에 접한 그곳에 이르러 가슴 깊이 우러나는 안도감을 느꼈
으리라 생각된다.

당시 이집트는 이미 국가로서의 힘을 잃었고 페르시아
를 정복한 알렉산더 대왕의 군대에 저항할 생각조차 하지
못했다. 그리하여 알렉산더 대왕은 어떠한 희생도 없이 이
집트 전체를 자국의 영토로 만들 수 있었다.

알렉산드리아에 품은 꿈

라코티스는 이집트 해군의 거점지로서 중요한 역할을
하던 곳이다. 지중해에 접해 있었기 때문에 그리스와 페르
시아와도 가까운 곳이었다. 그리고 라코티스에서 조금 더
가면 대왕의 고향인 마케도니아가 있었다.

이러한 위치에 있는 라코티스는 군사·교통의 요충지일
뿐만 아니라 알렉산더 대왕의 위엄을 보일 수 있는 중요한
곳이기도 했다. 알렉산더 대왕은 이집트를 정복한 뒤 군대
를 동으로 향하여 메소포타미아와 인도를 정복하고 인류

사상 처음으로 동서통일의 장거를 이룩했다. 그러나 그의 인생은 싸움의 연속이었고 인간답고 풍요로운 문화를 즐길 수 있는 생활은 할 수 없었다.

　알렉산더 대왕이 잠시나마 안락한 나날을 보낼 수 있었던 것은 라코티스를 점령한 뒤였던 것 같다. 창 너머로 지중해가 푸르게 펼쳐졌던 라코티스는 고향 마케도니아를 생각나게 하는 편안한 곳이었다. 알렉산더 대왕은 그의 스승이었던 아리스토텔레스로부터 들은 이집트 왕들에 대한 이야기를 떠올리며 자신도 언젠가는 이집트 왕들처럼 하늘을 뚫을 것 같은 큰 피라미드를 건설할 것이고, 그렇게 하기 위해서는 이집트의 땅이면서 고향에서 가까운 항구도시 라코티스가 이상적인 곳이라고 생각했다. 알렉산더 대왕은 그 때 이미 지중해를 사이에 두고 시나이 반도에서 중동 일대까지 광대한 지역을 정복하고 있었다. 당시의 세계관에 의하면 세계의 절반이 이미 그의 발 아래 놓이게 된 것이다. 그 때 마케도니아의 수도 바빌론은 영화의 꽃을 피우고 있었지만, 이제 바빌론을 수도로 삼기엔 그의 제국이 너무나 커져 있었다.

　"그렇다! 이곳에 제 2의 수도를 만들자."

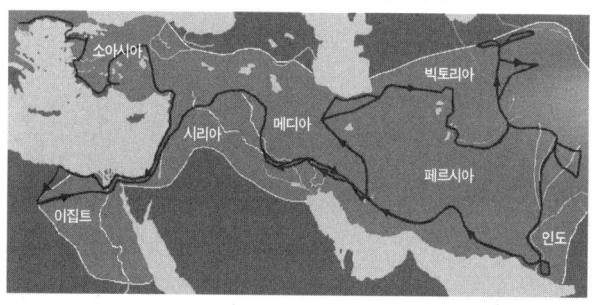

알렉산더 대왕의 정복 루트와 정복지역

■ 정복지역 → 정복루트

알렉산더 대왕은 세상의 동쪽 끝까지 정복하겠다는 야망을 품었다. 그리하여 소아시아 정복을 시작으로 페르시아, 이집트, 리비아, 카스피 해, 아프가니스탄, 인도까지 정복했다.

　대왕은 그렇게 결정하고 그 땅을 자신의 이름과 같은 알렉산드리아로 부르도록 명령했다. 마케도니아는 무력으로 그리스의 도시국가를 제압했지만 문화적으로는 뒤져 있었다. 그런 사실은 그 모든 땅을 거쳐간 알렉산더 대왕 자신이 잘 알고 있었다. 그래서 '알렉산드리아를 세계 지성의 중심이 되는 문화도시로 만들자' 고 다짐했다.

　대왕의 부친 필리포스 2세 역시 그리스 문명을 받아들이는 데 열중했던 문화적인 왕이었다. 부친의 뜻을 이어받은 알렉산더 대왕은 정복 이후 인류 지성의 산물이라는 서적이나 고지도들을 열심히 수집했다.

　다시 시작된 세계 정복의 여행은 동으로 이어졌다. 출발 후 얼마 되지 않아 당시 세계 최강으로 알려진 페르시아 군을 격파하고 페르시아에 이어진 일곱 나라들을 제패하면서 드디어 인도 북서부까지 군대를 이끌고 갔다. 인도에서는 무적을 자랑하던 포루스(Porus) 군까지 패망시켰다.

　그러나 '적(敵)은 바로 사자(獅子) 몸 속에 있다' 는 격언과 같이 뜻밖의 장애에 부딪히게 되었다. 그것은 자신의 병사들이 전쟁으로 인한 피로와 고향에 대한 그리움으로 더 이상 싸우는 것을 거부했던 것이다. 대왕은 할 수 없이 동

프톨레마이오스 1세 (Ptolemaios Ⅰ, B.C 367?~283)

알렉산더 대왕이 사망하자 그의 친구이자 부하였던 프톨레마이오스가 이집트의 왕으로
즉위했다. 그리고 수도인 알렉산드리아를 헬레니즘 문화의 중심지로 만들었다.

으로 향했던 세계정복의 야망을 단념해야만 했다. 하지만 돌아오는 길에도 수사(Susa— 페르시아만 북부에 있는 고대 도시), 아프가니스탄 등을 정복했고 기원전 323년 드디어 바빌론에 도착할 수 있었다. 그러나 바빌론에 도착하자마자 알렉산더 대왕은 34세의 젊은 나이로 생애를 마쳤다.

일설에 의하면 인도 원정에서 돌아오는 길에 누군가에게 습격당해—아마 아군병사의 범행이었는지도 모른다— 대왕은 심한 상처를 입게 되었으나 온갖 치료방법을 사용한 결과 상처는 거의 치유되어 갔다. 그러나 알렉산더 대왕은 바빌론으로 되돌아가고 싶다는 간절한 마음에, 찌는 듯한 더위에도 불구하고 귀향길에 올랐다. 여행 도중 상처는 악화되었지만 대왕은 바빌론을 볼 수 있다는 희망으로 견뎠다. 그리고 바빌론에 도착하자 모든 기력을 탕진한 듯 조용히 숨을 거두었다.

어린 시절부터 대왕을 알았던 친구 프톨레마이오스(Ptolemaios)는 알렉산더의 유체를 알렉산드리아로 옮겼다. 프톨레마이오스는 대왕의 소원이었던 피라미드를 건립하지는 않았지만 그 도시를 역사상 둘도 없는 문화적인 도시로 번영시키겠다고 결심했다. 그는 스스로 프톨레마이오스 1세로 칭하고 알렉산드리아에서 왕조를 시작했다. 세계사를 대표하는 미녀 중의 하나로 이름이 높은 클레오파트라는 프톨레마이오스 왕조 최후의 여왕이다.

문화도시 건설을 결심한 프톨레마이오스는 학원, 알렉산드리아 대도서관, 박물관, 대등대 등을 설립하기 위해 국비를 아끼지 않았다. 그리고 알렉산더 대왕이 정복했던 광대한 영토에서 모을 수 있는 귀한 보물이나 서적, 지도 같은 것을 수집했다. 그리하여 알렉산드리아는 단시간에 세계의 학술, 문화, 경제의 중심지가 되면서 헬레니즘 문화의 꽃을 찬란하게 피웠다.

뛰어난 지식의 집결지, 알렉산드리아 대도서관

〈피리 레이스의 지도〉나 〈오론테우스 휘나에우스 지도〉 등이 그려질 때 원본이 되었던 고지도들은 알렉산드리아 대도서관에 소장되어 있던 것이다. 알렉산드리아 대도서관은 당시 세계 최대의 규모를 자랑하며 알렉산드리아 왕궁 내에 있었다고 한다. 얼마 뒤에 그곳에서 조금 떨어진 세라피스 신전 내에 분관이 만들어졌다고 하니 그 규모가 얼마나 컸는지 짐작할 만하다.

장서의 수는 70만 권을 헤아렸으며 문학, 수학, 천문, 지리, 의학, 동물학, 식물학, 해부학, 철학, 신학에 이르기까지 모든 분야의 책이 있었다고 한다. 당시에는 책이나 지도를 간단히 복제하기 어려웠기 때문에 금은보석에 못지 않은 귀중품으로 생각되었다. 물론 책의 대부분은 양피지나 파피루스로 만든 것이었지만 도서관은 보물을 수장하는 창고처럼 엄격히 관리되었다.

도서관은 왕에게서 허가받은 학자나 왕가출입의 교사, 연구자들만이 사용할 수 있었는데 그들이 하는 일은 사본을 만드는 것이었다. 뛰어난 지식을 모아 놓은 책들은 많은 돈을 받고 여러 나라에 팔 수 있었기 때문이다.

초대 관장인 제노도투스(Zenodotus)는 호메로스를 번역한 문헌학자였다. 2대 관장 아폴로니우스(Apollonius)는 유명한 시인으로 그의 작품 〈아르고나우티카(Argonautica)〉는 고대문학 최고의 걸작으로 알려져 있다. 3대 관장 에라토스테네스(Eratosthenes)는 지구 둘레를 과학적으로 산출했다. 이론적으로 서쪽으로 계속 가면 인도에 도달한다고 주장했는데 뒤에 콜럼버스가 아메리카 대륙을 발견하는 계기가 되었다. 이러한 역대 관장의 업적만으로도 알 수 있듯이 당시 알렉산드리아는 세계 최고의 학문도시였다. 따라서 그곳에는 세계의 학문이나 지도가 모였을 뿐만 아니라 그 모든 것을 연구하는 학자들이 모여 알렉산드리아 학파가 생겨났다.

당시 알렉산드리아 학파의 학문이 얼마나 앞선 것이었는지는 유클리드 기하학의 원류인 수학자 에우클레이데스(Eucleides)의 업적으로도 알 수 있다. 그는 날마다 도서관의 책 속에 파묻혀 지냈고, 드디어 오늘날의 수학사에 이름을 남길 만큼 희대의 기하학을 확립했다. 그러나 더욱 놀라운 것은 그 도서관에서 만학을 거듭한 아리스타르코스(Aristarchos)가 코페르니쿠스(Copernicus)보다 천수백 년 앞서 지동설을 논했던 것이다. 아리스타르코스는 당시 평평한 판자일 것이라고 생각했던 지구의 형체에 반기를 들고 '지구는 구체' 라고 주장했다. 또 지구는 태양의 주위를 돌고 있다고 주장하기도 했다.

아틀란티스 문명은 그리스 지혜의 원천이었다

'현대 과학의 원천은 모두 그리스에 있다' 는 말이 있을 만큼 고대 그리스의 현인들은 과학에서 철학에 이르기까지 모든 학문에 빛나는 공적을 이루었다.

대표적인 예를 들어보면,

아낙시만드로스(Anaximandros)

기원전 7세기경의 동물학자. 모든 동물은 같은 종에서 진화했다고 추정했다.

아낙시메네스(Anaximenes)

기원전 6세기에 활약. 별들은 한없이 먼 거리에 존재하며 스스로 빛을 뿜지 않는 별도 있다고 주장했다.

아낙사고라스(Anaxagoras)

기원전 6세기에 활약. 지구 외에도 생물이 살아 있는 별이 있다고 주장했다. 그의 학설은 기독교의 대두와 함께 철저히 단절됐지만 그의 주장만은 잊혀지지 않고 오늘날까지 그 명성이 전해지고 있다.

피타고라스(Pythagoras)

기원전 6세기에 활약. 뉴턴보다 2000년 이상 앞서 물질에는 인력이 있다는 것을 알았다.

엠페도클레스(Empedocles)

기원전 5세기경에 활약. 빛의 속도가 있다는 것을 알아냈다. 또한 생물의 진화론, 돌연변이에 관한 이론을 전개했다.

데모크리토스(Democritos)

기원전 5세기에 활약. 물질은 점점 작은 구성요소로 분할해 갈 수 있으며 최종적인 단위는 원자라고 주장했다. 또한 은하는 멀리 떨어져 있는 별들이 공간에 흩어져 생긴 거대한 집단이며, 별은 무한한 공간에서 끊임없이 탄생과 죽음을 되풀이하고 있다는 근대 천문학과 통하는 학설을 발표했다.

고대 도량형학의 권위자인 하버드 대학의 리비오 스테킹 박사는 고대의 도량형법을 조사하던 중 시대가 오래 될수록 길이를 재는 단위가 치밀해졌고, 세계 각지의 도량형에 어떤 기준치가 있다는 사실을 발견했다. 스테킹 박사는 그런 사실에서 고대 문명에는 공통된 원천이 있다는 것을 증명하려 했다.

예컨대 고대 그리스의 한 지리학자의 문헌에는 '큰 피라미드의 밑변 전주는 지리도 1분의 반분' 이라든가 '한변의 길이는 지리도 1분의 8분의 일에 해당된다' 는 등의 기록이 남아 있다. 지리도는 지구의 원주를 360등분한 것으로 경위도와 같은 것이다. 고대 그리스에서는 그것을 '지리도 1분' 이라고 표현했다.

실제로 그 지리도 1분을 36등분한 지리푸트(복수는 피트, 1푸트는 30.8mm)가 일상적 단위로 사용되었다.

스테킹 박사에 의하면 그런 측량법이 세계 각지에 흩어져 있던 고대 문명에서 공통적으로 사용하던 단위였다는 것이다. 현대의 측량술로 측정한 결과 큰 피라미드라고 불리는 구후와의 피라미드 밑변은 750푸트, 높이 3000푸트로 스테킹 박사가 말한 고대 단위에 관한 지적이 맞는 것으로 입증되었다.

이와 같이 당시 학자들의 지식은 이후 학자들의 지식을 훨씬 능가하고 있었다. 중세에 들어서 새롭게 발견된 진리의 대부분은 이미 고대에 싹트고 있었다 해도 과언이 아닐 것이다. 그렇다면 고도로 발달되었던 고대 학문은 높은 수준에 도달해 있던 선사 문명에 뿌리를 두고 시작된 것이 아닌가 하는 발상은 타당성이 있다.

따라서 알렉산드리아 대도서관에 집결해 있던 고대 그리스 현인들의 업적은 아틀란티스 문명이 있었기 때문에 이룩할 수 있었던 것이 아닐까 생각된다. 다시 말해서 '그리스 현인들의 지혜의 원천은 아틀란티스 문명이었다' 고 말할 수 있을 것이다. 알렉산드리아 대도서관에는 아틀란티스 문명이 그리스 현인들의 책이라는 형태로 농축되어 있었을 가능성이 높다.

불길로 사라진 알렉산드리아 대도서관

그러나 인류 고대 문화의 결정이라고 말할 수 있는 알렉산드리아 대도서관은 유감스럽게도 오늘날 그 흔적조차 남아 있지 않다. 프톨레마이오스 왕조 최후의 여왕 클레오파트라가 시저에게 패망하자 알렉산더 대왕이 기반을 쌓았던 그리스 문화는 로마 문화로 변했다.

로마는 알렉산더 대왕에 필적하는 대세력권을 구축했지만 그 세력이 정상에 이르렀을 무렵인 기원전 1세기경 유태인을 정복하고 착취했다. 로마의 압박에 괴로워하는 백성들을 구제하기 위해 신은 이 세상에 아들을 보내셨고, 그 아들이 예수 그리스도였다.

이러한 경위로 기독교 문명이 꽃을 피우자 다음에는 기독교도들이 이교도의 문명을 파괴해 갔다. 그 불길을 피할 수 없었던 알렉산드리아 대도서관은 389년 데오피네스 사교(司敎)에 의해 불태워졌다. 그 때 귀중한 소장품의 대부분이 재로 변했다. 조금 남아 있었던 별관도 7세기 이슬람교도들에 의해 철저히 파괴되었다. 그리하여 현재 알렉산드리아 대도서관을 상상할 수 있는 자료는 전해오는 역사나 이야기를 조각처럼 끼워맞춰 보는 수밖에 없다.

하지만 아르키메데스, 아리스타르코스, 에우클레이데스가 달성한 연구성과를 추적해 보면 당시의 학설보다 훨씬 진보된 사상들을 전하는 서적들이 그곳에 있었던 것으로 추정된다. 그리고 그런 서적들이야말로 우리가 알고 있는 고대 문화보다 훨씬 앞선 지식과 기술을 지녔던 선사 문명의 사본, 즉 아틀란티스 문명이 아닐까라는 추측을 하게 된다.

고대 과학사의 전문가 중에는 이미 지동설이 상징하듯이 헬레니즘 시대에 과학적 지식의 발전은 선사 문명의 도움을 받지 않았다면 도저히 불가능했다고 말한다. 또한 그 선사 문명이 아틀란티스였다고 단언하는 학자들도 적지 않다. 어쨌든 알렉산드리아에 헬레니즘 문화가 번영했던 시절에는 아틀란티스 문명을 전하는 서적이나 고지도가 확실히 존재했던 것이 틀림없다. 그리고 그런 문헌들이나 고지도가 훌륭할수록 더욱더 소중하게 대도서관에 수집되었고 무엇보다 귀중한 것으로 소중히 보관되었을 것이다.

빙산에 묻히기 전의 남극을 알고 있는 사람

원시 기독교를 천적처럼 탄압했던 로마 제국은 395년에

동·서로마로 분열했다. 서로마는 476년에 멸망했고 이슬
람교도가 이룩한 사라센 제국이 뒤를 이었다. 이윽고 지중
해의 3분의 2를 지배하게 된 사라센 제국의 비잔틴 문화는
콘스탄티노플을 무대로 찬란하게 꽃피우게 된다.

　〈피리 레이스의 지도〉가 그려졌던 콘스탄티노플은 비잔
틴 제국의 보석이라 불릴 만큼 황금으로 장식된 화려한 도
시였다. 그 지도가 미국으로 건너가기 전까지 소장되어 있
었던 토푸카피 궁전은, 술탄들이 얼마나 화려한 생활을 했
는가를 보여주는 커다란 보석들이 달린 의상이 수없이 전
시되어 있다. 궁전 그 자체가 세계의 부를 모아 놓은 건물
이었다.

　그러나 오늘날 토푸카피 박물관을 찾는 관광객들은 보
물보다도 더 가치가 있는 고대 서적이나 지도 같은 전시물
보다 궁전 구경에 더 흥미를 갖는 것 같다.

　알렉산드리아 대도서관은 화재로 소진되었지만 그곳에
있던 소장품은 뜻있는 학자들이나 관리들에 의해 은밀히
반출되었을 것이다. 인간의 소중한 지혜가 없어진다는 중
대한 사실을 깨달은 그들은 목숨을 걸고 소장품을 구하려
했을 것이다. 그래서 알렉산드리아 대도서관에 있는 책이

나 지도의 일부는 콘스탄티노플로 옮겨졌을 것이다.

그런 귀중한 서적들의 지혜를 후세에 전하기 위해 신중한 모사가 반복되었을 것이며, 〈피리 레이스의 지도〉나 〈오론테우스 휘나에우스의 지도〉 작가들이 본 것이 그런 고지도였을 것이라고 생각하는 것이 자연스러운 전개이다. 하지만 아무리 정확하게 그렸다고 해도 지금처럼 복사기를 쓰지 않고 인간의 손으로 그려졌기 때문에 그 때마다 미묘한 오차가 생겼을 것이다. 그리고 그 오차가 다른 오차를 만들기도 했을 것이다. 같은 시대에 콘스탄티노플의 고지도를 원본으로 그린 지도라도 전체의 인상이 다르게 보이는 것은 그런 오차가 거듭된 결과가 아닐까.

햅굿 교수의 연구는 실로 방대한 것이어서 〈피리 레이스의 지도〉 외에 선사문명의 흔적을 전하는 지도를 여러 개 발견했다. 현재 메르카토르 도법의 저명한 지도작성자 제럴드 크레머가 16세기에 작성했던 지도에도 당시 그 존재조차 알려지지 않았던 남극 대륙의 바다와 갑, 섬, 반도 같은 것이 명확히 그려져 있다.

18세기 프랑스의 필립 보쉐(Philippe Bauche)도 아직 남극 대륙의 존재가 알려지지 않았음에도 불구하고 빙산으로 뒤덮히지 않았던 남극 대륙을 놀랍도록 정밀하게 그렸다.

더욱 놀라운 것은 남극 대륙을 둘로 나누는 수로까지 그려졌다는 점이다. 그런 지도는 남극 대륙이 빙산에 뒤덮히기 전에 누군가 대륙의 지도를 정밀하게 그렸다는 것을 입증하는 것이다. 확실한 것은 남극이 뛰어난 문명과 문화를 지녔던 인류에게 잘 알려진 대륙이었다는 점이다.

앞에서도 언급했듯이 고대와 중세의 고지도는 크게 두 가지 흐름으로 나눌 수 있다. 하나는 포르투라노라고 불리는 것으로서 어느 정도 부정확한 점은 있으나 알지 못하는 곳에 대한 꿈이나 낭만이 넘쳐흐르는 지도이며, 다른 하나는 태고의 지도를 원본으로 작성했기 때문인지 지도가 작성되었던 시대의 지구 물리학적 지식으로는 알 수 없는 지형이나 육지까지 상세히 그려진 지도이다. 아무리 생각해도 이런 지도는 고도로 발달되었던 고대 문명시대에 그려진 지도를 원본으로 하여 그려졌다고밖에 생각할 수 없는 것이다.

햅굿 교수는 대학교수라는 입장에서 남극 대륙이 아틀란티스 대륙이라는 주장을 가능한 한 과학적으로 입증하기 위해 최대한 노력했다. 그는 매사추세츠 공과대학의 리

처드 스트라찬(Richard Strachen) 교수에게 그동안 모은 고지도에 관한 자료를 보내 수학적인 분석을 의뢰했다. 스트라찬 교수는 그 정밀한 고지도를 모든 각도에서 수학적으로 검증한 결과, 지구의 둥근 면을 조정하여 직선으로 옮겨놓은 수학적인 지식과 기술을 구사하는 등 현대의 수학과 지도 작성기술과 대등한 고도(高度)의 작법으로 그려진 지도라는 것을 전문가적인 입장에서 확인했다.

지도의 수수께끼에서 출발하여 고대사의 흐름을 따라 여기까지 오게 된 것은, 알렉산더 대왕 시대까지는 확실히 전해 내려왔고, 책에도 쓰여 있었던 것으로 생각되는 아틀란티스 문명이 왜 콘스탄티노플의 고지도에 남겨져 있었는가 하는 그 필연성을 알아보기 위해서이다. 그러한 점을 이제 독자 여러분도 이해했으면 좋겠다. 역사적 단절 속에서도 아틀란티스 문명은 역사의 작은 틈을 빠져나오듯 피리 제독 시대까지 지도라는 시각적인 형태로 전해왔던 것이다.

과연 아틀란티스 대륙과 남극 대륙은 동일한가

이 시점에서 커다란 의문을 갖게 된다. 피리 제독이 고지도를 참고로 하여 그린 지도는 그들이 알지 못하는 미지의 대륙이었다. 역사의 흐름을 면밀히 살펴볼 때 그 대륙은 아틀란티스가 아닌 다른 대륙으로 생각할 수가 없다. 〈피리 레이스의 지도〉에 관해 미국 공군의 올메이어 중령이 쓴 감정서에서도 그 지도에 그려진 대륙은 틀림없는 현재의 남극 대륙이라는 것이다. 따라서 아틀란티스는 남극 대륙이라고 말할 수 있지 않을까.

그러나 한 가지 이해할 수 없는 일이 있다. 아틀란티스는 따뜻한 기후의 혜택으로 농작물이나 과일나무들이 푸르렀던 대지였다. 따라서 1.6km나 되는 빙산에 뒤덮혀 있는 현재의 남극과는 너무나 다르다.

그리고 플라톤은 아틀란티스를 이렇게 묘사하고 있다. '…그러나 다음해에 큰 지진과 홍수가 일어나서 단 한 번의 불행한 낮과 한 번의 불행한 밤 사이에 수많은 전투적 민족 모두가 대지에 깔리거나 바다 밑으로 침몰함으로써 아틀란티스 섬이 소실되었다.' ―《아틀란티스 대륙의 수수

께끼—전설과 그 진상》

플라톤이 써놓은 것이 정확하다면 아틀란티스 대륙은 산산조각나서 바닷속으로 침몰해 버렸을 것이다. 물론 그 조각은 대륙의 조각이니까 작은 섬이 되어 남아 있을 가능성도 있다. 하지만 남극 대륙은 그 이름과 같이 거대한 대륙이 아닌가.

실제로 햅굿 교수가 쓴 《피리 레이스의 지도에 그려진 남극 대륙—아틀란티스》가 발표되었을 때도 학자들은 냉대할 뿐 진지하게 받아들이지 않았다. 현대 과학자들은 표면상으로 아틀란티스 문명의 존재를 부정한다. 단지 아틀란티스 문명이 지금으로부터 1만 2000년 정도 앞선 문명이라는 이유 때문이다.

그러나 현재의 해양 형체, 즉 지구상 대부분의 대륙 형체는 아틀란티스가 바닷속으로 침몰했던 때와 비슷한 시기였던 마지막 빙하기가 끝나고 해면이 상승하여 형성된 것으로 생각되었다. 만약 이것이 사실이라면 아틀란티스에 문명이 번영했을 때는 빙하기에서 해빙기로 변해가던 시기였고 지구의 대부분은 두꺼운 빙산에 뒤덮혀 있었다.

그러나 아틀란티스 문명을 인정하는 사람들이 항상 내

슐리만 (Henrich Schliemann)

슐리만은 호머의 〈일리아드〉에 나오는 '트로이'가 실재했다고 믿고 트로이 유적지 발굴에 평생을 바쳤다. 드디어 1870년 터키의 히사를릭(Hisarlik) 언덕을 시작으로 9개의 트로이 유적을 찾아냈다.

트로이의 목마

세우는 것은 그 유명한 슐리만의 전설이다. 슐리만은 전설이라고만 생각했던 트로이의 실재를 믿고, 트로이 발굴에 생애를 걸었다. 그리고 드디어 깊은 지하에서 유적을 발굴하여 트로이의 실재를 증명하고 세계사를 바꿔놓았다. 물론 아틀란티스도 트로이와 같은 때가 올 것이다.

그 예로 1989년 포르투갈의 구조선이 포르투갈 근해에 있는 아조레스 섬들 근처 바다 밑에서 인공적으로 만든 거대 석조물을 목격했다고 발표한 것을 들 수 있다. 그리고 그것이야말로 아틀란티스 문명의 유적일 것이라는 소동이 벌어졌다. 그 소동을 보면 누구나 마음속 깊이 아틀란티스의 실재를 믿고 있으며 또 믿고 싶은 마음을 감출 수 없는 것 같다. 때문에 아틀란티스 문명의 존재를 밝히는 것은 인류에게 남겨진 얼마 안 되는 꿈 중의 하나일 것이다.

〈피리 레이스의 지도〉나 〈오론테우스 휘나에우스의 지도〉에 그려진 대륙이 남극 대륙이 아니고 아틀란티스 대륙을 그린 것이라면 아틀란티스 문명 실재론의 가능성은 보다 더 높아지는 것이다. 하지만 〈피리 레이스의 지도〉 같은 고지도에 그려진 대륙이 아틀란티스 대륙이며 동시에 남극 대륙이라는 것을 입증하는 것이 가능한 것일까.

햅굿 교수의 지각이동설

그럴 가능성이 있다고 말할 수도 있을 것 같다. 아틀란티스 대륙은 실제로 있었다. 그러나 그 흔적을 바다 밑에서 찾는다면 그 위대한 문명사의 단편 정도는 찾을 수 있을지 모르지만 대륙의 모든 것을 알 수는 없을 것이다. 그 이유는 현재 '아틀란티스 대륙이 남극 대륙일 가능성이 많다'는 이제까지 상상도 못했던 학설이 세계적으로 뜨거운 논쟁을 일으키고 있기 때문이다. 그런 논쟁을 일으킨 사람이 고지도 분석에 10여 년의 세월을 보내며 많은 연구결과를 발표했던 햅굿 교수이다.

햅굿 교수의 전공이 지형 역사학이라는 것은 이미 언급했지만 〈피리 레이스의 지도〉가 발견되기 몇 해 전인 1950년경 그는 지각이동(地殼移動)에 관한 독자적인 의견을 주장했다. 그의 주장에 의하면 지구는 오렌지 같은 구조로 이루어져 있다는 것이다.

오렌지의 내부, 즉 그 달고 연하고 물기가 많은 부분은 지구의 맨틀이나 마그마 같은 것이고 우리들이 살고 있는 대지나 지각은 오렌지의 껍질과 같은 것이다. 즉 전체 구조에서 본다면 지구의 대륙은 극히 엷은 표층에 불과한 것이다. 따라서 어떤 자극이 가해지면 오렌지 껍질을 손끝으로 쉽게 벗길 수 있듯이 어느 날 갑자기 지각이 이동할 가능성이 있다고 햅굿 교수는 주장했다.

햅굿 교수가 〈피리 레이스의 지도〉에 관한 이야기를 듣고 곧 워싱턴 도서관에 상주하며 그 고지도를 조사하게 된 것은 그런 고지도에서 지각이동 전의 지구 형태를 알 수 있지 않을까 하는 생각에서였다. 그의 예상대로 〈피리 레이스의 지도〉나 〈오론테우스 휘나에우스의 지도〉 등에서 그 흔적을 찾아낼 수 있었다. 어느 날 지각이동이 크게 일어났다면 그 때까지 온후한 지대에 있었던 아틀란티스는 극지로 보내져 두꺼운 빙산으로 덮힐 수도 있을 것이다.

하지만 지각의 이동이 갑자기 일어날 수 있는 것인가. 지각은 현재도 조금씩 이동하고 있다고 한다. 그러나 지각이동은 땅 위에 사는 사람들이 감지할 수 없을 만큼 느린 속도로 일어나고 있다.

아인슈타인도 "지표의 변화를 상세히 관찰하면 기후변화가 갑자기 일어나는 것을 알게 된다. 그런 변화를 가져오는 것은 지구의 제일 바깥쪽에 있는 지각의 극적인 이동으로 갑작스런 기후변화가 일어났다고밖에 설명할 도리가 없다"고 지각의 돌연이동설을 지지하고 있다. 20세기가 낳은 천재 과학자 아인슈타인은 직관적인 깨달음으로 인류사의 상식을 뒤엎는 '상대성원리'를 제창하여 증명한 과학자이다. 그 천재가 지각의 돌연이동설을 확고한 자세로 지지한 것이다. 그런 아인슈타인의 학설에 근거를 둔다면 아틀란티스가 남극 대륙이라는 것은 과학적으로 성립되지 않을까.

《신의 지문》을 찾는 여행의 의미

영국 출신의 경제기자인 그레이엄 핸콕은 동아프리카 특파원으로 파견되었을 때 이제까지의 세계 인류사에서 설명되지 않은 선사 문명의 흔적이 남아 있지 않을까 생각하게 되었다. 그리하여 5년 동안 세계 유적을 찾아다니고 그 문명의 흔적을 검토했다.

그의 여행기록과 새로운 역사관을 정리한 것이《신의 지문》이라는 제목으로 출판되어 곧 세계적인 베스트셀러가

되었다. 그 책의 머리말에도 〈피리 레이스의 지도〉에 대해
언급한 것을 보면 한콕은 여행을 시작할 때부터 햅굿 교수
의 지각이동설에 동감하고 있었던 것을 알 수 있다. 그러나
그렇게 큰 발견을 한 햅굿 교수는 미국지리협회에서 극단
적으로 무시당하고 푸대접을 받았다.

한콕의 《신의 지문》에 의하면 미국지리협회의 존 라이
트 교수는 '햅굿 교수의 가설은 조금 더 조사가 필요하다'
며 어느 정도만 인정한 뒤 지형 역사학을 전공하는 다른 학
자에게 햅굿과 같은 각도에서 연구해 보도록 지시했다고
한다. 하지만 그 후 햅굿 교수처럼 열심히 고지도를 분석하
여 태고의 지구에 아틀란티스가 실제로 존재했는가, 그리
고 그 대륙이 남극 대륙이었는가를 탐구하는 학자는 나타
나지 않았다.

그러나 그레이엄 한콕의 세계적 베스트셀러 《신의 지
문》은 학자들의 낡은 생각에 큰 충격을 주었다. 〈피리 레이
스의 지도〉가 던지는 수수께끼가 지도 전문가가 아닌 경제
기자에 의해 밝혀진다면 학자로서 체면이 서지 않기 때문
이었다. 한콕의 등장 이후 미국지리협회의 학자들은 드디
어 무거운 허리를 일으켜, 그 정밀한 고지도의 연구에 동참

하려는 기세를 보였다. 연구결과가 나오면 '아틀란티스가 남극으로 옮겨지기 전의 남극 대륙이었는가' 라는 질문의 답을 얻을 날도 멀지 않은 것 같다. 만약 남극 대륙이 아틀란티스 대륙인 것으로 증명된다면 21세기에는 인류가 알고자 했던 아틀란티스 문명도 그 진실을 드러낼 것이다.

남극 대륙은 지금도 1.6km의 빙산에 덮혀 있다. 아틀란티스 문명은 그 거대한 빙산에 묻혀 영원히 냉동보존될 것 같지만 인류의 문명은 진보발전을 계속하고 있다. 언젠가 거대한 빙산 아래 있는 남극 대륙을 탐색할 수 있는 기술이 개발되면 그곳에 잠들어 있는 아틀란티스 문명도 긴 잠에서 깨어나 우리들에게 그 모든 진실을 알려줄 것이다. 그런 날이 멀지 않을 것이라는 예감이 든다.

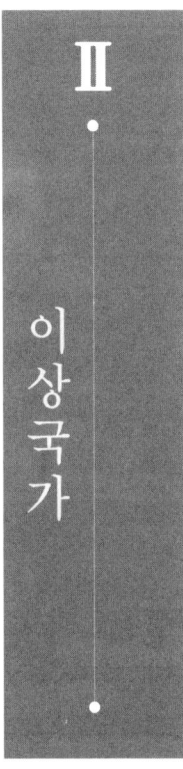

Ⅱ

이
상
국
가

아틀란티스 탄압의 배경

현재 역사학이 인정하는 문화사는 지금으로부터 7000년 전에 시작되었다고 알려져 있다. 하지만 그보다 더 앞선 시기에 지구상에는 문화사에서 인정하는 고대 문명보다 더 화려한 고도의 문화가 번영하고 있었다고 주장하는 사람도 있다. 초고대 문명은 뮤(Mu), 레무리아(Lemuria)라는 이름으로 알려진 것도 있지만 그 중에서도 가장 뛰어났던 문명이 아틀란티스였을 것이다. 그런 아틀란티스 문명이 실제로 존재했던 문명이었는지 혹은 상상의 산물, 즉 만들어낸 이야기였는지의 의문은 고대 그리스부터 논쟁의 대상이 되어왔다고 앞장에서 언급한 바 있다.

아틀란티스가 실재했다고 믿는 사람들을 '아틀란트로거'라 하고, 아틀란티스에 관한 연구를 '아틀란트로기'라고 부른다. 현대에 활약했던 가장 유명한 아틀란트로거는 19세기 미국의 이구아슈우스 도넬리(Iguatius Donnelly)일 것이다. 도넬리는 젊은 시절 우수한 변호사로서 활발하게 활동했고, 뒤에 미네소타 주 부지사가 되었으며 33세 때 하원의원으로 활약했다. 그는 젊은 나이로 미국의 중앙정계까지 진출했기 때문에 계속 정치가의 길을 걸었다면 순조롭게 대통령이 될 가능성이 있는 인재였다. 그는 원래 두뇌가 명석하고 남다르게 노력했으므로 하원의원이 된 뒤에도 도서관에 틀어박혀 독서에 몰두했다. 때문에 그는 하원이 구성된 이래로 처음 보는 교양인으로 알려지기도 했다. 그러나 대통령이 될 뻔했던 도넬리의 인생을 아틀란티스가 크게 바꿔놓았다. 대신 아틀란트로거로서 역사에 널리 이름을 남겼기 때문에 본인의 뜻은 이루어졌을 것이다.

어느 날 도넬리는 하원 도서관에서 아틀란티스에 관한 한 권의 책을 보게 되었다.

'초고대에 아틀란티스라고 불리던 문명이 있었다. 그 문명은 어느 시기까지 이상적인 번영을 누리고 있었지만 차츰 부패의 길로 접어들어 신의 노여움을 사게 되었고 드디어 비참한 최후를 맞게 되었다. 때문에 현재 인류의 역사는 아틀란티스의 흔적이 전혀 전해지지 않는다.'

이 책을 보게 된 후 도넬리는 아틀란티스를 연구하는 데

많은 시간을 보냈다. 하원의원으로서의 활동은 뒤로 미뤄 두고 아틀란티스 연구에 몰두하며 1882년에 《아틀란티스, 대홍수 전의 세계》라는 책까지 출판하게 되었다. 그 책은 출판되자마자 선풍적인 화제를 몰고와 베스트셀러가 되었으며 현재까지도 중판이 계속되고 있는 놀라운 책이다. 도넬리는 다음 해인 1883년에도 《신들의 황혼, 불꽃과 자갈의 시대》라는 책을 출판했는데 그 책 또한 엄청난 화제가 되었으며 현재까지도 계속 중판되고 있다. 도넬리가 쓴 두 권의 책이 이룩한 최대 공적은 그 때까지 거론되지 않던 아틀란티스를 주목받게 한 것이다.

그런데 왜 아틀란티스 논쟁은 그 때까지 그늘에 숨은 존재에 불과했을까.

아틀란티스 문명은 지금으로부터 약 1만 2000년 이전으로 거슬러 올라가는 초고대의 이야기이다. 하지만 그 사실을 인정해 버리면 2000년 역사를 지닌 기독교의 존재는 매우 작은 것이 된다. 기독교는 중세에서 현대까지 세계의 주도권을 잡고 있는 서구사회를 지탱하는 기본적인 사상이다. 따라서 기독교에 불이익이나 불편을 초래하는 사상과 학문은 금지되어 왔다. 아틀란티스의 존재도 그런 것에 속했던 것이다. 하지만 진리라는 것은 언젠가 드러나고 밝혀지는 것이다.

가톨릭을 이끄는 로마교황청은 최근에 와서야 다윈의 진화론을 공식적으로 인정한다고 발표했다. 이미 진화론은 일반적인 상식이 되었음에도 불구하고 로마교황청은 다윈을 공식적으로 부정해 왔다.

이제까지 기독교 문명은 선사 문명을 부정하는 태도로 일관했지만 앞으로는 아틀란티스에 대해서도 진화론에서와 같이 기독교의 태도를 바꾸는 일이 일어날 것이라고 생각한다.

도넬리의 책이 출판된 뒤 아틀란티스 운동은 활발해져 그 후 발표된 연구서나 논문이 4000~5000편을 넘는다. 또 바다 밑까지 들어가 유적을 찾는 등 아틀란티스를 연구하는 아틀란트로거는 눈에 띄게 많아졌다.

플라톤이 말했던 아틀란티스

아틀란트로거의 시조가 그리스 최고 현인의 한 사람인

플라톤(Platon)이었다는 사실은 잘 알려져 있지 않다. 여담이지만 플라톤이라는 이름은 그의 별명이며, 희랍어로 '어깨 폭이 넓은 남자' 라는 뜻이라고 한다. 본명은 아리스토크레스라고 하지만 이 책에서는 역사적으로 잘 알려진 플라톤이라는 이름을 쓰기로 한다.

플라톤은 기원전 427년에 아테네의 명문 귀족 가문에서 태어나 80세라는 장수를 누리고 기원전 347년에 사망했다. 고대 그리스의 일곱 현인들 중에서도 가장 현명한 사람으로 알려진 솔론(Solon)이 외조부였다. 그런 학구적인 환경에서 태어난 플라톤은 어린 시절부터 자연스럽게 문학과 음악, 수학 등을 배웠고 호메로스의 서사시를 암송하는 영리함도 보였다. 역사를 좋아하는 그의 취향은 그런 유년의 경험에서 싹튼 것 같다. 이윽고 그는 스스로 문장을 쓰는 데 흥미를 느껴 소년 시절부터 시나 비극을 쓰기도 했다.

윤택한 환경에서 성장한 플라톤은 20세가 되었을 무렵 소크라테스(Socrates)를 만나면서 결정적인 영향을 받게 된다. 소크라테스는 악처와 살았던 것으로 더 잘 알려져 있지만 그의 최대 공적은 '인간은 어떻게 살아야 하는가' 에 대해 생각해 볼 수 있는 윤리나 인생철학을 확립한 것이다.

소크라테스 (Socrates, B.C 470 ~ 339)

신을 모독하고 청년을 부패, 타락시켰다는 혐의로 독배(毒杯)를 마시고 죽었으나 플라톤의 《대화편》 등으로 사상의 거대함이 전해진다.

40세가 될 무렵부터 소크라테스는 매일 아테네의 길거리나 광장으로 가서 '사람은 지식을 구하고 사랑으로 살아야 한다'고 설파했다. 플라톤은 그러한 소크라테스의 주장과 삶의 방법을 알게 되면서 그를 깊이 존경하게 되었다.

그러나 기원전 339년 소크라테스는 비극에 휩쓸리게 된다. 아테네의 독재정치를 무너뜨리고 부활한 민주제 지도자 아뉴토스, 류콘 등에 의해 '국가의 신을 숭배하지 않고, 새로운 악령을 숭상할 것을 민중들에게 강요하고 젊은이들을 타락시켰다'는 죄로 고소당한다. 민중재판의 결과는 '사형'이었다. 하지만 사건의 진상은 소크라테스가 민주당 정치를 비판했기 때문에 정부가 위협을 느끼고 그를 매장하려던 것이었다. 그 때 이미 81세의 고령이었던 소크라테스는 그 세력에 반항하는 것은 무의미하다고 생각하고 스스로 독을 마셔 죽음의 길을 선택했다.

소크라테스의 죽음에 충격을 받은 플라톤은 그 후 12년간 세계의 여러 곳을 여행했다. 그 당시 세계 전부라고 생각되었던 중동일대를 여행하면서 시라쿠사(siracusa, 이탈리아 시칠리아 섬 남쪽의 항구도시)와 이집트에 오랫동안 머물렀다. 외조부였던 솔론도 젊은 시절 이집트에 머문 경

플라톤 (Platon, B.C 427 ~ 347)

플라톤은 부패해만 가는 아테네 사람들에게 주의를 주기 위해, 외조부인 솔론으로부터 들은 아틀란티스에 관한 이야기를 썼는데 그의 저서 《티마이오스》와 《크리티아스》에 아틀란티스의 비극에 대해 자세히 묘사되어 있다.

험이 있어 때때로 손자인 플라톤에게 옛날 이집트 신관들의 호의로 그리스, 이집트, 아틀란티스의 과거에 대해 쓴 고문서를 읽고 배웠다고 이야기해 주었다. 여행을 떠난 플라톤의 발길도 자연히 이집트로 향했다. 그 여행에서 플라톤은 아틀란티스 역사에 대해 알게 된 것 같다. 그러나 플라톤이 아틀란티스에 관해 쓰게 된 시기는 여행이 끝난 뒤가 아니었다.

12년의 여행을 끝내고 아테네로 돌아온 플라톤은 이미 40세가 되었다. 그리고 존경하던 스승 소크라테스를 따라서 자신도 아테네 청년들을 교육시키겠다고 마음먹었다. 곧 아테네 청년들에게 철학과 역사를 가르치고 이상국가를 이룩할 인재 육성에 정열을 쏟게 되었다. 하지만 아테네 사람들은 플라톤의 열성과는 달리 점점 더 부패해 갔다.

플라톤은 아카데미아의 일을 하는 한편 젊은이들의 교육, 인간의 지성, 우주에 관한 책을 연이어 발표했다. 하지만 아테네 사람들의 정신과 생활태도는 플라톤이 원하는 방향으로 조금도 움직이지 않았다. 그렇게 세월이 흐르자 플라톤은 늙어가면서 남은 시간 동안 자신이 아테네 사람들을 위해 할 수 있는 것이 무엇인가 조바심내며 고민하게 되었다.

플라톤의 '믿음직한 실화'는 무시되었다

　드디어 만년이 된 플라톤의 뇌리에 떠오른 것은 젊은 날 외조부 솔론이 이집트의 고관에게서 들었다며 자신에게 이야기해 주었던 아틀란티스의 비극이었다.

　한때 이상국가(理想國家)를 이룩했던 아틀란티스 사람들은 점점 오만과 타락의 길로 접어들었고, 드디어 신의 노여움으로 대륙은 붕괴되고 아틀란티스 사람들도 모두 바닷속으로 사라지는 운명이 되었다는 이야기는 그 시대의 아테네 사람들에게 교훈이 되지 않을까 생각했다. 아틀란티스에 관한 것을 알게 되면 아테네 사람들의 생활태도도 조금 나아지지 않을까 생각한 플라톤은 오래 된 기억을 더듬어 그 대륙에 대해 저술했다. 그것이 아틀란티스 문화를 오늘날까지 전하는 《티마이오스》와 《크리티아스》이다. 플라톤이 그 책들을 쓴 동기를 그렇게 해석하는 것이 타당할 것이다.

　플라톤이 쓴 두 권의 책은 대화집이라고 불린다. 그 대화집은 소크라테스와 당시 최고 권위를 자랑하던 정치가 크리티아스, 군(軍)의 실력자였던 헤모크라테스, 정치가이자 천문학자였던 티마이오스 등 4명이 대화하는 형식으로 쓰여졌다.

소크라테스와 플라톤 시대의 발언자들은 '나는 전해오는 이야기를 말할 뿐 그것을 믿으라고는 하지 않는다' 는 태도를 취했다. 자칫 잘못하면 소크라테스처럼 젊은이들을 선동한다는 명목으로 독을 마시게 될 수 있기 때문이었다. 그것이 고대 사상가들의 숙명이기도 했다. 그 두 권의 책 내용은 대부분 지루하고 무거운 것이며 아틀란티스에 관해서는 조금밖에 언급되지 않았다.

아틀란티스에 관해서는 《티마이오스》에 보다 많이 쓰여 있는데, 전체 내용의 80% 정도를 차지하므로 그 책은 '아틀란티스기' 라는 별명으로 불리기도 한다. 《크리티아스》에는 아틀란티스에 관한 내용이 전체의 10% 정도밖에 나오지 않지만 플라톤의 독자적인 우주론, 자연론, 인간의 감각론, 육체론, 생물론 등이 논리정연하게 기술되어 있다.

플라톤은 《크리티아스》를 통해 다음과 같은 것을 말하고자 했던 것 같다. '이 우주는 커다란 뜻(후세의 사람들은 그 뜻을 신이라고 부르게 된다)에 의해 이상적인 질서가 유지되고 있었다. 인간들은 본래 그 우주의 뜻을 존중하고 따랐지만 차츰 그 길에서 벗어나 이제 지구는 혼란한 천체가 되고 말았다. 사람들이 그 본래의 뜻을 되찾게 되면 지구는 또다시 대우주의 질서를 따르는 이상적인 별이 될 것이다.'

플라톤의 수많은 저서 중에서 수수께끼 같은 부분이 있는 것은 아틀란티스에 관한 부분뿐이다. 그 당시에도 이미 아틀란티스에 관해 언급하는 것이 금지되었던 것일까.

아틀란티스 이야기는 플라톤이 아테네의 타락과 부패를 한탄하여 존재하지도 않았던 이상국가론을 창작한 것이라고 치부하는 것은 좀 성급한 생각일 것이다. 왜냐하면 플라톤은 그 두 권의 책 속에서 4회에 걸쳐 '아틀란티스에 관한 것은 역사상 확실히 있었던 실화이다. 인류 역사에 있었던 중대한 사건이었다'고 거듭 말하고 있기 때문이다.

붕괴의 날이 사람들에게 전하는 경고

《티마이오스》에서는 아틀란티스에 관한 이야기가 다음과 같이 시작된다.

크리티아스는 소크라테스에게 이렇게 말을 한다.

"소크라테스여, 이제부터 하는 말이 대단히 이상하게 들릴지 모르지만 이전에 존경받던 일곱 현인들 중에서도 지혜가 으뜸간다는 솔론이 한 말이니까 믿어도 좋을 것 같다."

크리티아스의 말에 의하면 이집트로 유학간 솔론은 사이스(Sais)라는 시(市)에 머물며 그곳에 있던 도서관에서 살다시피 했다. 사이스는 나일강의 흐름이 몇 갈래로 나뉘는 델타 지대에 있었고 그 시의 중심에는 신전이 있었다. 그리고 도서관은 그 신전 안에 있었다. 파피루스나 양피지의 고문서가 헤아릴 수 없을 만큼 보관되어 있었다. 하지만 고문서는 아무에게나 공개되는 것이 아니었다. 당시의 도서관은 오늘날 말하는 비밀문서보관소와 같은 존재였다. 솔론은 그 고문서를 열람하려는 마음에 어떻게 해서라도 신관과 친해지려 했다. 솔론은 자신의 깊은 지식을 이해해주길 바라며 신관들에게 고대 그리스 이야기나 그 이전시대에 대해서 자기가 알고 있는 모든 지식을 털어놓았다. 그런 솔론의 말에 귀기울이던 어느 신관은 어느 날 이런 말을 했다.

"솔론, 그리스인들에게는 원로도 없고, 고대도 없다. 그리스 사람들은 아이들처럼 유치하고 먼 옛날에 있었던 일은 아무것도 기억하고 있지 않다. 사람들은 보다 더 많은 시련을 겪어 왔다. 그러나 어느 때 큰 비가 내리고 대홍수가 있어서 배운 사람들은 모두 죽어버렸다…. 그 홍수를 겪기 전의 그리스는 참으로 훌륭했다. 당신들의 선조는 정말 훌륭했고, 말 그대로 완전한 인간이었다. 군사뿐만 아니라 입법에서도 정말 완벽했다. 그 사람들은 지금으로부터 8000~9000년 전 아틀란티스 바다 저쪽에 살고 있었다. 8000년 동안 이어진 그 도시의 제도나 문화는 우리들의 신성한 기억 속에 기록되어 있으니 그것을 알려 주겠다."

그렇게 시작한 신관의 말은 계속 이어졌다.

"그리스인들의 문화에 근원이 되었던 선조가 있었다. 그들은 9000년(기원전 3세기경부터 확인된 바에 의한) 전에 아주 훌륭한 도시와 문화를 이룩하고 있었다. 그 문화와 제도는 모든 면에서 완벽했다. 하지만 그들은 갑작스런 재앙에 대비하지 못한 채 화려한 문명의 흔적을 하나도 남기지 못하고 모두 죽었다."

사이스의 신관은 그 빛나는 문화에 대해 자세한 기억을

갖고 있으며 그에 관해 차츰 설명해 주겠다고 했다. 하지만
신관은 그 귀중한 기억을 바로 전하는 대신,

"그 나라에서 있었던 일은 지금 당신의 나라가 갖고 있
는 문제에 대해 많은 참고가 될 것이다. 그 나라에서 있었
던 일을 알고 앞으로 당신 나라의 문제를 생각해 보아야 할
것이다"는 과제를 던져주었다.

플라톤 시대의 아테네는 이미 부패하여 타락해 있었다.
어떻게 해서든지 바로 잡지 않으면 아테네의 존속은 어려
울 지경이었다. 플라톤은 그 옛날 솔론에게서 들었던 고대
의 찬란한 문화를 아테네 사람들에게 전하여 재건을 위해
참고해 달라고 부탁하고 싶었던 것이다.

헤라클레스의 기둥 저편에 있는 이상국가

솔론은 아틀란티스가 어디쯤에 있었는가에 대해 말하기
시작했다. 그 위치에 대해 《티마이오스》에 기록되어 있는
것을 살펴보자.

'…기록에 의하면 아틀란티스 바다 쪽에서 유럽과 아시

아를 공격해 온 북쪽 군대를 당신들이 제압했다. 당시 그 바다로 배가 많이 항해했다. 당신들은 그 바다의 입구를 헤라클레스의 기둥이라고 불렀는데 그 앞으로 섬이 하나 있었다. 그 섬은 리비아와 아시아를 합친 것보다 컸고, 그 섬에서 다른 섬으로 항해할 수도 있었다. 또 그 섬에서는 큰 바다 저편에 있는 대륙, 진짜 완벽한 대륙이라고 부르는 육지로 갈 수 있었다.' ―《아틀란티스 대륙》

헤라클레스의 기둥은 현재의 지브롤터(Gibraltar, 스페인 남서단과 아프리카 북서단 사이) 해협을 말하는 것이라고도 한다. 아틀란티스라고 하면 애틀랜틱 해(대서양)를 상기하는 사람들도 많을 것이다. 그렇다면 아틀란티스와 애틀랜틱 해는 어떤 관계인 것일까. 애틀랜틱 해의 대표적인 섬이라서 아틀란티스 섬이라는 이름이 붙게 되었는가. 아니면 아틀란티스 섬이 있었기 때문에 그 바다가 애틀랜틱 해라고 불리게 된 것일까.

후세에 와서 아틀란티스 섬은 보통 아틀란티스 대륙으로 불린다. 원전인 플라톤의 《티마이오스》, 《크리디아스》에는 아틀란티스 섬들이라는 표현은 있지만 대륙이라는 표현은 없다.

아틀란티스에 관한 것이 꾸며낸 이야기라고 말하는 사람들은 '대륙이라고 불리던 큰 땅덩어리가 하룻밤 사이에 바닷속으로 침몰할 수 없기 때문에 아틀란티스는 원래 존재하지 않았다' 고 결론 짓는다. 하지만 플라톤의 저술에 의하면 아틀란티스는 어디까지나 '섬' 이었다는 점을 주목하기 바란다.

'아틀란티스 섬에 강대한 국가가 이뤄져서 왕들의 권력은 그 섬 전체와 다른 많은 섬, 그리고 대륙의 일부에까지 뻗어 있었다. 그 섬의 왕들은 리비아에서 이집트까지, 유럽의 티레니아 해(이탈리아 반도와 주변 섬들이 둘러싸인 해역)까지 지배하고 있었다.' —《아틀란티스 대륙》

아마 아틀란티스는 군도여서 큰 섬도 있고, 주변에는 위성 같은 작은 섬들도 존재했던 것이 아닐까.

《티마이오스》나 《크리티아스》의 내용 중에는 자주 '다른 섬', '본 섬과 마주한 바다의 해안' 같은 표현이 있기 때문에 아틀란티스가 상당히 큰 영토였지만 대양에 떠있던 섬인 것으로 생각된다(하지만 이 책에서도 일반적으로 익숙한 아틀란티스 대륙이라는 표현을 사용했다).

애틀랜틱 해(海)=대서양이라는 명칭의 유래는 아프리

카 북서에 위치한 아틀라스 산맥에 어원을 두고 있다는 설
이 있다. 또한 그리스 신화에 나오는 아틀라스 거인이 그
어원이 되기도 한다. 북아프리카의 산맥은 웅대하고 푸른
하늘을 어깨로 짊어지고 있는 듯하기 때문에 헤로도토스
(Herodotos)가 애틀랜틱 해라고 이름지었다고 한다.

솔론의 시대 그리스인들은 세계에 대해 단순한 생각을
갖고 있었다. 지구는 원판 모양을 하고 있으며 그 한가운데
가 약간 융기해 있고 그 솟아 있는 부분이 그리스라고 생각
했다. 그리스 주변에는 몇 개의 나라가 흩어져 있는데 남으
로는 리비아 · 에디오피아, 동으로는 이집트 · 페니키아 ·
소아시아 · 인도 등의 나라가 있었다. 북으로는 흑해, 칼프
트의 주변지역, 얼음나라인 스키타이, 서쪽은 그 아틀라스
산맥과 헤라클레스의 기둥이라는 생각이 그들의 세계관이
었다.

그러나 헤로도토스는 이미 커다란 세계관을 지니고 있
어서 헤라클레스의 기둥 안에 있는 바다(지중해)는 좁은
입구를 가진 작은 만에 지나지 않지만 기둥 저편에 있는 대
양은 커다란 바다인 것을 알고 있었다. 또 헤라클레스의 기
둥에서 홍해까지 배로 일주할 수 있는 것을 알았다. 즉 헤

로도토스는 그 때 이미 아프리카가 거대한 대륙이라는 지식을 갖고 있었다.

그리스인들이 지녔던 세계관은 솔론 이전 시대의 세계관보다 훨씬 축소되어 있었다. 솔론 이전 시대의 세계관은 현재 우리가 알고 있는 세계관과 비슷했다. 그런 사실이 의미하는 바는 솔론이 들었던 그리스 선사 문명엔 이미 원양 항해기술이 발달되었고, 지구에 관한 지식 수준이 현재의 세계관에 가까웠을 것이라는 점이다. 어쨌든 솔론의 말에 의하면 지부롤터 해협의 남쪽으로 섬이 하나 있었고, 거기에는 9000년(현재로부터 1만 2000년) 전 아틀란티스 문화가 찬란한 꽃을 피웠던 것이다.

아름다운 물의 도시

아틀란티스 이야기가 가끔 신화로 취급되는 것은 그 이야기에 그리스 신화의 신들이 등장하기 때문이다. 하지만 현대인들이 신화로 처리해 버리는 그 사실들이 당시의 이야기작법에 비춰보면 오히려 당연한 것으로 간주된다. 그 당시 이야기의 시작에는 신화의 영웅들을 등장시키는 것이 일반적이었기 때문이다. 솔론의 말을 더 들어보자.

'신들이 세계를 나누었을 때 포세이돈(바다의 신)은 아틀란티스를 영지로 받았다. 인간을 아내로 맞이했고 그 사이에 태어난 아이들을 그곳에 살게 했다.' ─《아틀란티스 대륙》

포세이돈에게는 다섯 쌍의 쌍둥이 아이들이 있었다. 때문에 포세이돈은 아틀란티스를 10개의 구역으로 나누어 통치시켰다. 최초에 태어난 장남이 아틀라스여서 포세이돈은 그 아들에게 섬의 중앙부를 주었다. 그 이후 섬은 아틀라스의 이름을 따서 아틀란티스로 불리게 되었다.

섬의 지형은 해안으로부터 아름다운 평원이 계속 되었고, 들판은 매우 비옥했다. 섬의 중앙에는 높이 솟은 산이 있었고, 그 산을 바라볼 수 있는 언덕 위에는 포세이돈의 궁전과 신전이 있었는데 뒤에 아틀라스가 물려받았다. 즉 아틀란티스의 가장 큰 섬 전체는 해안으로부터 가파른 언덕으로 경사가 이어졌다. 원경은 후지산 기슭처럼 길게 꼬리를 뻗은 능선을 이루었다. 섬 중앙의 산을 바라볼 수 있는 언덕 위에 궁전과 신전이 놓여 있는 것으로 보아 그 산

전체가 아틀란티스 사람들이 마음을 의지하는 곳이었을 것이다.

아틀란티스는 중앙에 있는 산을 중심으로 도시가 배치되었으며, 산에서 가장 가깝고 산을 바라볼 수 있는 언덕 위에 궁전·신전을 두게 된 최대 도시는 아크로폴리스라 불리고 아틀란티스의 수도가 되었다.

포세이돈과 아틀라스는 먼저 수도의 교통로를 정비했다. 당시 최고의 교통수단은 돛단배로, 바람만 있으면 쾌적한 속도로 달릴 수 있었다. 그리하여 그들은 섬의 어디라도 배로 갈 수 있는 운하 건설에 힘을 쏟았다. 오늘날의 도시 교통망의 정비였다.

전해오는 바에 의하면 아틀란티스의 수도에는 바닷물을 끌어와 만든 삼중(三重)의 둥근 운하가 언덕 위에 있는 궁전을 에워싸듯이 만들어졌다고 한다.

삼중의 원과 원의 거리는 한결같았고, 그렇게 만들어진 운하는 최종적으로 항구에서 바다까지 이어졌으며 제일 큰 운하는 그 폭이 540m였다. 내륙 쪽으로 들어가면 흙으로 만든 토성이 원을 이루었다. 그 토성의 폭도 제일 큰 운하와 같았다. 다음 토성과 운하의 폭은 360m, 중앙의 언덕을 둘러싼 토성과 운하의 폭은 180m였다. 중앙에 궁전과 신전이 있는 섬의 직경은 900m였다. 수로에는 다리가 놓여지고 육지에는 터널이 파져서 수로의 왕복을 한층 더 순조롭게 했다. 운하건설은 땅을 파서 그 흙을 쌓아 올리고 건실하게 다지는 견고한 방법으로 제방을 만들고 물을 끌어왔다.

이런 과정이 아주 간단하게 들리겠지만 예부터 물을 다스릴 수 있는 통치자를 가리켜 명군이라고 하듯이 물을 다스리는 것은 결코 쉬운 일이 아니다. 물은 때로 상상 밖의 파괴력을 지녔기 때문이다. 더욱이 원형 수로는 바깥쪽의 주(周-곡선형의 둘레를 이루는 길이)와 안쪽의 주 차이에 의해 물이 소용돌이치며 흐르게 되고 수력의 분산이 평균을 잃기 때문에 직선 수로보다 몇 배의 기술력을 필요로 한다. 또한 원형 수로는 시작과 끝이 일치하지 않으면 원형의 형태를 상실하기 때문에 건설하기 힘든 건축물이다.

"이 수로 하나를 보아도 아틀란티스 사람들이 얼마나 발달된 측량술을 갖고 있었는가를 증명한다"고 주장하는 아틀란트로거가 있는데 설득력이 있는 말이다. 또《티마이오스》에 의하면 삼중의 운하는 어디서 측정하더라도 한결같

아틀란티스의 삼중 수로 상상도

아틀란티스 섬 중앙에 있는 궁전을 둘러싸고 삼중의 둥근 운하가 만들어졌다. 원형 수로는 처음과 끝이 일치하지 않으면 수력이 분산되기 때문에 직선 수로보다 고도의 기술을 필요로 한다.

이 같은 거리로 만들어져 있었고, 정확한 원형을 이루고 있었다 하니 놀라지 않을 수 없다. 원형 수로는 아틀란티스 사람들이 치밀한 계산 아래 도시계획을 세우고 그것을 실현시킬 수 있는 고도의 계획과 건설기술을 겸비했다는 것을 알 수 있다.

눈을 감고 아크로폴리스의 구조를 상상해 보라.

고도(古都)·경도(京都)의 기반을 바둑판처럼 종횡으로 길을 낸 도시계획은 1000년이 지난 지금(솔론의 시대)까지도 세계에 드문 도시의 아름다움을 자랑하고 있다. 아크로폴리스의 경우는 그 바둑판에 해당되는 부분이 동심원이라는 보다 더 미적인 구조로, 그 원을 이루는 것은 푸른 물이 넘실거리는 운하이다. 물로 된 원형 운하의 주위에는 수면에 푸른 그림자를 드리우는 버드나무 등이 심어져 그림 같이 아름다운 경관이 펼쳐졌다.

오늘날에도 베니스나 성 페테르부르크처럼 운하가 도시 교통로인 물의 도시들은 그것만으로도 전세계의 관광객을 모을 수 있는 매력을 지니고 있다. 만약 아크로폴리스가 현재까지 존재하고 있다면 누구나 한번쯤 가보고 싶은 아름다운 도시임에 틀림없고 세계적인 관광도시가 되었을 것이다.

아크로폴리스는 그 운하를 이용하여 항구에서 언덕 위까지, 또 그 반대편도 자유롭게 올라 갈 수 있었다. 그 수로는 아크로폴리스 사람들의 생명이기도 했다. 사람들은 그곳을 통해 아크로폴리스를 왕래하며 일용품을 운반했다. '그 수로를 이용한 것은 아크로폴리스 사람들만이 아니었다' 는 말도 전해지고 있다. 그 때 이미 아틀란티스 사람들은 이웃 나라들과 교역을 하고 있었고, 수로를 지나가는 식민지의 배도 적지 않았다. 아틀란티스는 몇 개의 식민지를 갖고 있었다. 그런 사실은 당시 아틀란티스가 군사력도 강했던 세계 최강의 민족이었음을 말해준다.

과실이 풍부했던 따뜻한 나라

아틀란티스의 기후는 따뜻하여 헤아릴 수 없을 만큼 다양한 과일이 열렸던 것 같다.

'그 섬에는 향료로 쓰이는 각종 식물이 재배되었다. 음식이 되는 부드러운 과실, 건조시킬 수 있는 열매, 조미료가 되는 것, 먹을 것, 마실 것, 기름을 주는 열매, 보존이 곤란하기는 하나 우리들에게 기쁨을 주는 과실, 만복의 포만감을 덜어주고 피로감을 덜어주는 식후의 과실 등을 섬이 침몰할 때까지 대량 산출했던 것이다.' ―《아틀란티스 대륙》

이 글에서 연상되는 것은 거의 모든 음식물을 열대 우림의 과실에 의존하고 있는 사람들의 식생활이다.

《티마이오스》를 폴란드어로 번역한 우라지스라프 뷔토릿키에 의하면 '부드러운 과실'은 포도를 말하는 것이라 한다. 포도가 그리스 주변 지역에 태고부터 존재했던 것은 이미 널리 알려진 사실이다. 건조한 열매, 즉 건포도를 많이 먹었던 것 같다. 포도즙을 방치해 두면 발효하고 산화해서 초가 된다. 조미료는 그렇게 만든 와인 식초가 주로 쓰였는지도 모른다.

또 먹을 것, 마실 것, 기름을 주는 열매라고 하면 모두 야자열매를 떠올릴 것이다. 야자열매는 음료도 되고 과육도 먹을 수 있다. 단단한 외피는 가공하는 데 따라서 여러 가지 생활용품으로 사용할 수 있다. 야자는 기름도 짤 수 있으며 그 기름은 식용에만 쓰지 않고 화장품이나 약용으로도 쓰고 때로는 조명용으로도 사용했을 것이다. 그리고 야자수가 자라는 지역이면 바나나, 망고, 자크후르츠 같은 과실들이 풍요롭게 열렸을 것이다.

바나나는 아프리카, 오세아니아, 남아시아, 미국의 아열대 지역에 넓게 분포되어 있고 그 중에는 바나나를 주식으로 하는 나라도 있다. 바나나는 곡물보다 더 많은 영양분을 함유한 과일이므로 바나나가 자라는 지역의 사람들은 굶어 죽지는 않는다. 연구자들 중에는 '부드러운 과실'이 포도가 아니라 바나나라고 주장하는 사람도 있다. 그리고 '보존이 곤란하기는 하나 우리들에게 기쁨을 주는 과실'이란 오렌지 같은 감귤류를 말하는 것이라고 주장하기도 했다. 감귤류의 산뜻한 맛은 포만감을 없애주고 피로감을 덜어주므로 '식후의 과실'이 맞는 것도 같다.

이렇게 다양한 과실에서 아틀란티스 사람들은 비타민이나 칼슘 같은 귀중한 영양분을 섭취할 수 있었을 것이다. 과실이 풍부했다는 것은 아틀란티스 섬이 온대에서 아열대, 부분적으로 열대에 속하는 지역에 있었다고 추측할 수 있다.

섬의 기후는 섬 중앙에 있는 산에서 서늘한 바람이 불어와 살기 좋은 곳이 아니었을까. 또 섬의 북쪽 해안은 차가운 해류가 흐르고 섬의 서해안은 따뜻한 난류가 흐르고 있어 한류와 난류 양쪽을 지나오는 바다의 혜택도 받았을 것이다. 또한 후세 연구자들에 의해 아틀란티스의 위도는 남과 북이 약 15도 정도의 차이밖에 없었던 것으로 추측되어진다. 결코 큰 육지가 아니었음에도 불구하고 섬의 남쪽과 북쪽에는 아한대와 온대에서와 같은 온도차가 있었다. 그러한 큰 기후의 차이가 아틀란티스를 비옥하고 풍요롭게 만들었을 것이다.

북쪽의 한류에서 찬 기류가 발생하여 공기 중에 한기단(寒氣團)을 형성한다. 그 한기단이 산에 부딪히면 많은 양의 눈이 내리고, 그 눈은 해동기에 녹아 땅 속의 암석을 통과해 광천수가 되어 산 밑으로 흘러 내린다. 그 물을 식수로 사용했다면 아틀란티스 사람들은 광물질도 풍부하게 섭취하여 건강을 유지할 수 있었을 것이다.

인간에게 이상적인 대지

섬의 중앙부가 삼중 운하에 의해 교통망이 발달했던 것은 이미 언급했지만 아틀란티스 사람들은 건축술을 아낌없이 발휘하여 장대한 규모의 관개용 수로도 만들었다.

　도시의 뒤쪽에는 잘 손질된 광대한 평야가 펼쳐져서 곡식이 무르익고 있었다. 그 광대한 지역은 여러 구역으로 구분되지만 언제나 풍부하게 물이 공급되고 있었다. 그 관개시설로 미루어 보아 아틀란티스의 도시주변은 비교적 건조한 곳으로 추정된다. 하지만 관개용수가 고갈되는 일은 없었기 때문에 들판은 언제나 푸르고 풍요한 수확이 기대되었다. 재배되던 작물은 보리, 밀, 면, 옥수수, 사탕수수 등이 주된 것으로 기후가 온난해서 한 해에 두 번의 수확을 올릴 수 있었다. 수확이 끝나면 사람들은 곧 땅을 갈아서 씨를 뿌리고 다음 수확을 위한 밭일에 힘쏟았다. 관개시설로 풍부한 물의 혜택을 받게 된 대평야에는 곡류나 야채를 위한 경작지 외에 목축용 땅도 있었다. 한가하게 풀을 뜯는 소나 양의 모습이 먼 초원에 핀 꽃처럼 보였다.

　한 해에 곡식을 두 번 거둬들일 수 있는 그 땅은 지중해성의 온후한 기후의 혜택만 받은 게 아니라 비옥한 토양의 혜택도 받았다. 중앙에 산이 있기 때문에 그 산을 사이에 두고 기후는 크게 두 갈래로 나뉘고 울창한 산림지대도 있었다. 아열대성의 산림지대는 나무의 성장이 빨라 주택의 건재나 가구, 생활용품용의 목재 공급지로 좋을 뿐만 아니라 연료자원으로서도 귀중한 곳이었다. 산림에서 반출된 목재는 관개용 수로를 통해 운반되어 도시의 원형 수로에 도착하고 필요한 곳이면 어느 곳이나 배달되었다.

또한 산림지대인 구릉지대는 야생동물의 낙원이었다. 그곳에는 야생 코끼리와 유순한 동물들, 야생의 맹수가 공존하고 있어서 아틀란티스 사람들의 수렵대상이 되었다. 그 짐승들의 고기는 귀중한 단백질 자원이 되어 사람들의 건강에 도움이 되었다.

아틀란티스는 사방이 바다에 둘러싸인 섬이었으므로 모든 곳에 생선이나 수상동물이 번식할 수 있는 좋은 환경이었다. 이렇듯 풍부한 어패류는 사람들의 식탁을 풍요롭게 했다. 그들은 그렇게 산과 바다의 혜택으로 현대인들에 못지 않은 미식을 즐길 수 있었던 것이다.

사람들은 왕을 숭배했고 신앙심도 깊었다

'의식(衣食)이 충족되면 예절을 알게 된다.'

좀 낡은 표현이지만 인간은 굶주림의 공포가 사라지고

일상 생활이 윤택해지면 여유가 생겨 정신적인 것에 관심을 갖게 된다. 앞에서 언급했듯이 자원이 풍부했던 아틀란티스의 사람들은 정신생활면에서도 높은 수준에 이르렀을 것으로 짐작된다.

그들을 정신적으로 이끈 것은 신의 존재였다. 이집트에서는 파라오를 태양신의 화신으로 숭배했다. 그런 현상과 같이 아틀란티스 사람들도 왕을 깊은 존경과 사랑의 대상으로 숭배하고 있었다. 실제로 아틀란티스 사람들은 왕에게는 신의 힘이 부여되어 있다고 생각했다. 신전과 궁전은 나란히 지어졌지만 궁전은 왕이 정무를 돌보고 사는 곳이었고, 신전은 국가적인 중요행사 같은 것을 행하는 장소로 분리되어 있었다.

신전은 여러 신이 제각기 다른 신전에 모셔졌기 때문에 아크로폴리스의 언덕에는 수많은 신전이 웅장하게 있었다. 그 중에서도 가장 화려했던 신전은 왕궁의 중심에 세워진 포세이돈 신전이었다. 《크리티아스》에 의하면 포세이돈 신전은 길이 180m, 폭 30m, 높이 30m로 지어졌다고 한다. 외부는 전부 은으로 덮여졌고 곳곳이 주석과 황금으로 장식됐고 은으로 강조되었다. 신전의 내부로 들어가면 상아로 만든 천장, 금과 은으로 장식된 벽과 기둥, 오리칼컴 (orichakum) 같은 것으로 장식된 내부는 눈이 부시도록 아름다웠다.

오리칼컴은 아틀란티스 문화의 특징이라고 할 수 있는 특수한 금속으로, 멀리서 보면 일곱 빛깔의 극체 빛으로 빛났다고 한다. 연구자들은 오리칼컴의 정체를 알게 되면 아틀란티스가 실재했던 증거가 될 것이라 생각하고 그 금속이 현재의 어떤 금속과 같은 것인지 연구중이다. 그러나 아직까지 그런 금속은 발견되지 않았다.

오리칼컴은 후기의 연금술에 연결되는 고도의 기술로 만들어진 합금이 아닌가 주장하는 사람도 있다. 그렇게 만들어진 신전들에는 많은 신상이 안치되었다. 특히 눈에 띄는 것은 중앙에 위치한 황금 신상이었다. 그 신상은 날개 달린 여섯 마리의 말들이 끄는 마차를 몰고 있었다. 신상은 마차 위에 서 있었지만 너무나 큰 몸 때문에 머리가 천장에 닿았다. 그 신상의 주위에는 돌고래를 타고 있는 바다신 딸의 상이 줄지어 세워졌다.

각각의 신전과 궁전을 연결하는 도로 양쪽에는 계절에 따라 색상을 바꾸는 나무들이 가지런히 심어져 깊은 그림자를 떨구었다. 왕이나 지위가 높은 신관이 이 길을 지나 궁전에서 신전으로 걸어 갈 때면 금색의 갑옷을 입은 위병들이 가로수처럼 길가에 줄지어 서서 왕의 행렬을 지켜보았다. 왕이나 고관은 높은 위치의 연대에 앉아 민중을 바라보았다. 국경일에는 왕이 지나가는 거리에 향기 짙은 꽃이 뿌려졌고, 때때로 왕은 백성을 향해 먹거리나 꽃, 귀중한 약재 같은 것을 던져주기도 했다.

영혼은 불멸하므로 죽음은 두렵지 않다

아틀란티스인들의 꿈은 언덕 위의 궁전이나 신전 가까운 곳에 집을 갖는 것이었다. 그 지역은 왕후귀족이나 고관, 신관 등 계급이 높은 사람들의 거주지역이었다. 서민계급에 태어난 사람들이라도 뛰어나게 우수한 점이 있으면 고관이나 신관이 되는 길이 열려 있었다. 또한 부유한 상인들도 그 일대에 호화로운 주택을 짓고 사는 경우도 있었다.

높은 언덕에서는 눈앞으로 푸르게 펼쳐진 수로와 먼바다가 한눈에 보였다. 그리고 그 바다를 황금빛으로 물들이며 태양이 조용히 떠올랐다. 그 해돋이에 손모아 기도하는 것이 아틀란티스 사람들에게는 또 다른 신앙이었다.

현재 지구에서 사용되는 에너지의 절반은 매초 2000개의 핵무기가 폭발하는 것과 같은 에너지를 방출하는 태양에 의존하고 있다. 따라서 초고대였던 그 시절에 태양은 모든 생명을 자라게 하는 것으로 숭상된 것은 당연한 일이었다. 실제로 태양빛이 없었다면 아틀란티스 사람들은 한 번도 겪은 적이 없었던 굶주림을 경험했을지도 모른다.

신관들도 매일 태양이 진 뒤 태양이 사라진 방향을 향하고 있는 태양신전에 횃불을 밝히고 태양이 빛을 뿜는 낮과 같은 밝기를 유지해야 했다. 신전을 밝히는 것이 무엇보다 중요하게 생각되어 만약 횃불이 꺼지고 주위가 어두워지면 신관은 평생 감옥에 갇혀 태양을 잃은 죄를 보상하지 않으면 안 되었다.

매일 수평선 너머로 사라진 태양이 다음날 아침이면 다시 살아난다는 사실은 자신들의 생명 활동과도 연관된다고 생각한 아틀란티스 사람들에게 죽음은 생명의 끝이지만 영혼은 영원히 불멸하는 것이었다. 그렇기 때문에 육체는 죽어도 영혼은 태양처럼 다시 이 세상으로 돌아온다고 생각했다.

　그래서 왕이나 귀족들은 사망하면 영혼이 다시 돌아오는 날에 대비하여 육체를 미라로 만들어 석관에 넣고 조심스럽게 보관했다. 왕의 경우에는 피라미드가 세워져서 관은 그 속에 안치되었고, 귀족의 경우는 돌로 만든 방 속에 관을 두고 후손들의 관도 함께 안치했다. 서민 계급의 경우는 큰 동굴이나 석굴이 유체의 보관소로 사용되었다. 이렇듯 아틀란티스의 장례의식은 죽은 사람을 매장하지 않는 것이 특징이었다. 땅 속에 묻어버리면 영혼이 돌아올 수 없다고 진지하게 믿었던 것이다.

민중의 모범이 된 훌륭한 왕들

　앞에서도 말했듯이 아틀란티스는 10개의 지역으로 구분되어 오늘날의 행정구역처럼 되어 있었다. 나라 전체를 다스리는 대왕과 각 행정구역을 다스리는 왕이 있었다. 대왕은 10명의 왕 중에서 5년이나 6년마다 선거를 통해 결정되었다. 대왕은 왕 중의 왕으로 국정 최고 책임자로 군림했다. 사법의 최고 권한도 대왕에게 있었다. 왕들 사이의 권력 투쟁이나 대왕의 자리를 다투는 싸움은 전혀 기록에 없다. 왕들은 원래 포세이돈의 다섯 쌍의 쌍둥이가 시조였으므로 서로 잘 협력했고 사이가 좋았다.

왕들에게는 절대적인 권력이 부여되었고 황금이나 오리칼컴 같은 막대한 보화가 주어졌다. 그러나 그들은 그런 대접을 받을 수 있는 자격을 갖춰야만 했다. 자격을 갖추지 못한 경우에는 서로 공정하게 심의하여 엄격한 판결이 내려졌다. 판결을 내리는 방법은 다음과 같이 전해진다.

'…재판을 시작할 때에는 다음과 같은 의식이 있었다. 기도를 한 뒤 자유롭게 풀을 뜯고 있는 열 마리의 황소 중 한 마리를 잡아서 비문(碑文)이 적혀 있는 오리칼컴의 기둥에 매어 놓고 황금빛 칼로 찔러 죽였다. 이것은 아틀란티스에 옛날부터 전해오는 제물을 바치는 의식이었다. 황소의 피는 한 방울도 남기지 않고 기둥 아래 큰 홈이 파인 곳에 고이게 했다. 피를 다 쏟아낸 황소의 시체는 불 속에 던져 태워졌다. 피는 황금의 잔으로 떠서 기둥 밑에 다시 부어졌다. 의식이 끝나고 나면 왕들은 자신의 판결을 소의 피로 써서 대왕에게 제출했다. 그런 판결을 바탕으로 대왕의

판결이 내려졌다.'

처벌은 엄격했지만 웬만하면 사형은 선고되지 않았다. 큰 죄를 지었을 경우에는 남은 인생 동안 사람들을 위해 좋은 일을 하도록 하는 것이 가장 좋은 벌이라고 믿었다. 사형 판결은 국가에 대한 반역죄 같이 정치적인 죄를 지었을 경우에 행해졌다. 처벌에 대한 예를 들면, 대왕을 모욕한 죄를 지은 어느 왕에게는 일생을 독경과 수행으로 보내라는 판결이 내려졌다. 민중의 모범이 되어야 할 왕이 죄를 지었을 때는 엄격히 수행하는 모습을 민중에게 보임으로써 죄에 대한 대가를 치르게 했다.

왕들이 계율을 어긴 경우에는 특별히 엄격한 처벌이 내려졌다. 10명의 왕은 모두 청색의 죄수복을 입고 밤을 새워가며 서로 반성할 일을 의논하고 신중하게 행동할 것을 맹세하는 것이었다. 왕들은 서로의 마음을 정결하게 하고, 행동을 바로 하기 위해 노력했다. 그들은 언제나 일체의식을 지니지 않으면 아틀란티스의 통일을 유지하는 것이 어렵다는 것을 알고 있었다.

그러나 아틀란티스의 영화는 오래가지 않았다. 어느 나라, 어느 문화에나 지금까지 묘사해온 사려 깊고 높은 자신감을 지닌 왕들의 통치는 유감스럽게도 오래 지속되지 못한다. 아틀란티스 또한 그러한 영화를 누리는 것은 아틀란티스 문명의 중엽까지였다.

지도자들의 겸허하고 신중한 정신이 오래가지 못하는 것이 인간의 상례인 것일까. 왕들은 풍요한 부와 권력으로 인해 차츰 방종하게 되었다.

'왕들이 옳지 않은 욕망을 만족시키기 위해 그 권력을 함부로 썼다.' -《티마이오스》

넉넉하고 편안한 서민들의 삶

그런 왕후 귀족들의 삶과는 달랐지만 아틀란티스에 살았던 상인들이나 장인들, 농부들 모두 높은 생활수준으로 윤택한 생활을 했다. 몇 번이나 언급했던 삼중의 둥근 운하에서는 낮이나 밤이나 아틀란티스 전국에서 온 사람들로 가득 차서 대단히 번창한 분위기였다.

각 지방의 특산품을 파는 행상들, 다른 나라에서 온 상인들, 아크로폴리스다운 고급품을 파는 상인들로 붐비는 항구의 주변이나 수로가 교차하는 곳은 번화한 거리가 되었다.

　운하 옆에는 여러 개의 수영장이 있었다. 왕족 전용 수영장, 부인용 수영장, 야외 수영장, 동계용 온수 수영장 등 아틀란티스 사람들은 자신에게 맞는 곳에서 수영을 할 수 있었다. 운하를 따라 있는 거리에는 희고 붉고 검은 돌로 된 아름다운 집들이 있었다. 그 수로와 별도로 수도관이 있어서 집집마다 식수뿐만 아니라 더운 물도 넉넉하게 공급되었다.

　아크로폴리스에서 가족의 중심은 여자였다. 현재의 남자 가장이 하는 일을 모두 여자들이 했다. 남편은 아내를 따르고 아이들은 어머니의 성을 따르는 전형적인 모계사회였다. 여성들은 경제권을 갖고 집안 경제를 이끌었으며 정치에도 적극적으로 참가했다. 직장에서도 여성들의 의견은 존중되었다. 여성만의 군대도 있었고, 필요할 때는 무기를 지니고 전쟁에도 참가했다. 하지만 평상시 그들은 우아한 의상으로 몸을 꾸미고 많은 장식품으로 치장하는 사치를 즐겼다.

　'여자뿐만 아니라 남자들도 그 정신과 육체의 뛰어난 점과 아름다움으로 유럽과 아시아의 방방곳곳에 알려졌

다.' ─《크리티아스》

　이러한 것들로 알 수 있듯이 그들의 생김새나 인상도 좋았던 것 같다.

　그곳 사람들은 자녀교육에도 열성적이었다. 각 구역마다 학교가 있었는데 병사 육성을 목적으로 한 남자들만을 위한 학교였다. 말은 최고의 탈 것이었으며 말을 잘 타는 것은 학업성적이 좋은 것만큼 높이 평가되었다. 최고의 사교장은 경마장이었다. 섬의 중앙에는 경마장이 있어서 큰 경기가 열리는 날이나 국가의 제삿날에는 수로로 배가 나갈 수도 되돌아 갈 수도 없을 만큼 큰 혼잡을 이루었다.

　섬의 중앙에 높이 솟아 있던 산은 화산이어서 산기슭 곳곳에서 온수가 솟아났고 근처에는 눈이 녹아 생긴 샘도 있었다. 도시에는 후에 로마에서 그랬듯이 공중욕장이 있었다. 사람들은 여름엔 야외 온천을, 겨울에는 실내에 있는 욕실에서 온천을 하며 자연의 혜택을 즐겼다. 온천은 왕실용, 시민용, 부인용으로 나뉘어 있었지만 풍부하게 넘쳐흐르는 온천이었기 때문에 누구든지 온천욕을 즐길 수 있었다. 그 온천수가 얼마나 풍부했는가는 말이나 다른 가축용 온천이 있었던 것으로도 짐작할 수 있다.

이상적인 사회체제

아틀란티스 경제의 기반이 된 것은 자연에서 얻을 수 있었던 풍부한 자원이었다. 아틀란티스의 자연은 사람들에게 필요한 모든 것을 공급해 주었다. 무엇이든지 풍부하게 생산되었기 때문에 분배에도 아무런 문제가 없었다. 따라서 주민들은 어느 면에서나 궁핍함을 느끼지 못했고 그들은 일상 생활 또한 아무런 불편이 없었다.

아틀란티스는 계절의 변화가 뚜렷하지 않았지만 사람들은 철따라 계절에 어울리는 옷을 입고 오리칼컴을 가공한 보석으로 치장했다.

초기의 아틀란티스는 오늘날 말하는 원시 공산주의 제도와 비슷했기 때문에 사유재산은 없었고 필요한 것은 국가가 동등하게 분배해 주었다. 현대 사람들은 공산주의라면 금욕주의에 가까운 것을 생각하지만 그것은 구소련 같은 국가가 부족했던 물자로 통치했기 때문이다. 물자가 풍부하면 공산제이든 자유경제이든 사람들 사이에 불만이나 싸움은 일어나지 않는 법이다.

아틀란티스는 상류계급과 일반계급으로 나눠져 있었지

만 부유한 사람들이 상류계급에 속한 것이 아니었다. 왕족이나 신관 같은 특수한 일을 하기 위한 자격을 구비한 사람들이 상류계급에 속했다. 물론 그들에게는 부가 보장되었지만 그 때문에 수행해야 할 의무도 많았다. 전쟁에서는 위험한 임무를 솔선해야 하는 등 혜택받은 계층이기 때문에 더 엄격한 윤리나 생활 태도가 요구되었다. 그와 달리 일반계급에 태어나면 마음에 드는 일을 자유롭게 선택할 수 있었다.

거주지역은 일종의 직업단지 같은 도시구조였기 때문에 직업별로 구분되었다. 아크로폴리스의 중심가 주변인 언덕 기슭에는 수공업을 하는 사람들이 살았다. 또 그 둘레의 평야에는 농민이나 목축업을 하는 사람들이 살았다. 직업에는 귀천이 없었다. 모두 자기가 즐겨할 수 있는 것을 선택했고 정부의 관리가 자연을 동경하여 농업으로 전직하는 일도 흔히 일어났다.

전문적인 예술가도 있었지만 아틀란티스 사람들은 모두 음악을 좋아했기 때문에 오늘날 말하는 아마추어 악단이나 연극 집단도 많았다. 서로의 거주지를 오가며 연습하고 축제일 같은 때 그 성과를 발휘하며 보람을 느꼈다.

이와 같이 모든 면에서 이상적인 사회체제가 확립되었던 초고대의 나라, 그것이 플라톤이 솔론으로부터 들었던 아틀란티스였다.

주변국가를 정복한 강대한 군사력

아틀란티스는 이 세상의 이상적 낙원이면서 강대한 군사국가라는 또 다른 면을 갖고 있었다. 《크리티아스》에 의하면 군사조직은 다음과 같은 체제였다.

'각 지구(최소 단위―면적 10스다디온)마다 한 명의 남자를 지도자로 뽑는다. 임전체제가 되어 전쟁이 일어났을 때는 모든 지구에서 1만 대의 전차가 출전할 수 있도록 각 부품이 할당되었다. 또 각 지구마다 공병, 활 쏘는 병정, 투석병은 각 2명씩, 창을 다루는 병정은 3명, 말 2마리에 기수 2명을 징병하는 제도가 있었다. 그리고 지휘관은 모든 사람 수를 6만 배 한 것이었다.' ―《아틀란티스, 잃어버린 낙원》

지휘관이 모두 6만 배라고 하니 무슨 일이 생기면 6만 명의 지휘관 밑에서 모든 국민이 병사가 되는 체제였다는 것을 알 수 있다. 군대는 육군과 해군으로 이루어져 있었고 해군은 배 1200척, 해병 2만 4000명이었다. 그리고 아틀란티스 왕국은 9개의 식민지가 있었으므로 총 군사력이 얼마나 되는 규모였는지 상상도 할 수 없다.

'왜 그 이상국가에 그런 군대가 필요했는가' 는 수수께끼로 남는다. 하지만 바로 그러한 군사력이 뒤에 설명될 아틀란티스의 타락과 붕괴의 원인이 된 것 같다. 아틀란티스에는 사람들의 생활에 필요한 모든 것이 있었고 얻기도 쉬워서 그들은 주변에 있는 다른 국가들과 싸울 필요가 전혀 없었다. 그러나 아틀란티스의 영토를 침입하는 나라가 많았기 때문에 방어를 위해 할 수 없이 군사를 이루게 된 것 같다. 그러나 그 군사력은 차츰 주변국들을 위협하게 되었고 주로 노예를 뺏기 위해 쓰여졌다. 최초에는 여러 나라의 특산품을 물물교환의 형식으로 교역했지만 차츰 돈과 인간을 교환하게 되었다. 그 때 쓰인 사람들은 주변의 여러 나라에서 속여서 데리고 온 노예들이었던 것이다.

근대국가 중에서 미국처럼 번영한 나라도 없지만 미국처럼 비극을 내포한 나라도 없을 것이다. 그 비극의 싹은 한때 미국이 아프리카에서 납치해 온 노예의 자손인 흑인 문제인 것은 새삼 말할 필요도 없을 것이다. 하나의 안정된 국가에 노예를 끌고 오는 것은 계급 제도를 복잡하게 하고 결과적으로 국가의 결속력을 약하게 하는 것이다. 그 옛날 아틀란티스에서도 그와 같은 현상이 일어나지 않았을까.

이상이 《티마이오스》나 《크리티아스》를 통해 알게 된 아틀란티스 사람들의 생활이었다. 이 두 권의 책에서 아틀란티스의 생활이 자세히 기술된 것은 그 대륙이 실재했던 것에 대한 무엇보다 좋은 증거라고 아틀란트로거들은 말한다.

그들의 주장에 일리가 있는 것은 플라톤은 철학자이자 사상가였지 토목공사나 군사문제의 전문가는 아니었다는 점 때문이다. 아틀란티스에 대한 상세한 기술은 그의 지식이나 상상력을 훨씬 능가하는 것으로서, 실제 자료가 없었다면 그토록 자세히 설명할 수 없었을 것이다.

오만해진 아틀란티스인에게 신의 심판이 내려졌다

아틀란티스가 실재했는가 하는 논쟁에 대한 것은 잠시

미뤄 두기로 하자. 어쨌든 현재 아틀란티스 대륙은 흔적도 없고 그 문명도 계승되지 않았다. 그렇게 찬란했던 문명이 왜 갑자기 사라지고 인류의 역사에서 자취를 감추어 버린 것일까.

플라톤은 또 다음과 같이 말하고 있다.

'아틀란티스에서는 주민들이 신을 공경하고 덕과 신의를 존중하며 물욕을 경멸하는 동안은 법률이 지켜지고 선조의 신이 모셔졌다. 하지만 세월이 지날수록 신을 향한 마음이 적어지고 인간의 마음에 사욕이 많아지면서 삶은 타락했다.' ─《아틀란티스 대륙》

아틀란티스가 아무리 훌륭한 이상국가였다고 해도, 사람들이 필요 이상의 부를 갖고 있으면서도 다른 사람들과 나눠 갖는 것을 거부한다면 그런 데서 추한 다툼이 벌어지는 것은 당연하다. 한때 그렇게 이상적인 삶을 영위하던 아틀란티스도 어느 순간 질투나 증오, 원한이 소용돌이치는 나라로 변하는 것이 당연한 결과였다.

플라톤에 의하면 아틀란티스 사람들은 차츰 경건한 신앙심을 잃어버리고 열심히 행하던 신전 의식도 함부로 다루게 되었다고 한다. '우리 아틀란티스인들은 신보다 뛰어난 존재이며 세계 어디를 가도 우리들을 능가할 존재는 없다'는 오만한 생각의 포로가 되었다.

아틀란티스가 그 절정에 있었을 때 왕들은 오리칼컴으로 만든 비석에 왕과 국민들이 소중히 지켜야 할 사항과 규칙을 새겨놓고 그것을 지키며 살았다. 그러나 사람들은 점점 비에 새겨진 내용을 지키지 않게 되었다. 또 한때는 이웃 나라들과 평화로운 교역을 했지만 점점 침략과 약탈에 가까운 태도로 이웃 나라들을 유린하는 존재가 되었다. 그리하여 이상국가 아틀란티스는 완전히 과거의 것이 되고 말았다.

마침내 제우스 신도 아틀란티스인들에게 벌을 내릴 것을 생각하게 되었다. 그래서 제우스 신은 신들을 모이게 하여 어떤 제재를 가하는 것이 좋을까 의논했다. 처음에 신들은 몇 번이나 아틀란티스에 지진, 화산의 분화, 홍수 같은 천재지변을 보내 경고했다. 그러나 아틀란티스 사람들은 그 모든 것이 신의 경고인 것을 자각하지 못하고 오히려 신을 원망하고 저주했다.

플라톤은 '아틀란티스의 최후는 너무도 속절없었다'고 전한다. 또한 《크리티아스》에는 '아틀란티스의 타락에 대해 언급한 뒷부분이 사람의 손에 의해 몇 페이지가 파기된 흔적이 있다'고 적혀 있다. 일단 아틀란티스의 최후에 대해 적기는 했지만 대단히 충격적인 종말이어서 인류에게 너무 강렬한 인상을 남기게 되어 오히려 신을 저주하는 결과를 초래할지도 모른다고 생각했던 것일까.

하지만 그 최후의 장면을 전하지 않으면 아테네 사람들에게 아틀란티스의 이야기를 전할 의미가 없다고 생각한 플라톤은《티마이오스》에 아틀란티스의 최후에 대해 아주 간략하게 적고 있다.

'범상치 않은 큰 지진과 홍수가 잇따라 일어났을 때 가혹한 날이 다가와 하루 낮과 밤 사이 당신들의 나라는 모두 대지 속으로 사라지고 아틀란티스 섬도 바닷속으로 침몰해 그 자취를 감추고 말았다. 그 때문에 지금도 그 바다는 항해도 할 수 없고 탐험도 할 수 없는 곳이 되고 말았다. 그 이유는 섬이 함몰하며 생긴 진흙이 해면 가까이 있어 항해에 방해가 되기 때문이다.' ―《플라톤 전집》

아틀란티스 후예가 전하는 참극의 저녁

플라톤은 아틀란티스 사람들이 이룩한 문화나 문명에 대해 상세히 써서 전했지만 어찌된 영문인지 그 최후에 대해서는 납득이 가지 않을 정도로 간략하게 언급하고 있다. 《크리티아스》나《티마이오스》를 썼을 때 플라톤은 이미 80세를 넘긴 고령이었다. 고령의 사람들은 인간의 죽음에 대해 말하는 것이 조심스러울 것이다. 더욱이 그 죽음이 인류가 이전에 경험한 적이 없는 잔혹하고 비참한 것이라면 더욱 그럴 것이다. 아틀란티스의 최후에 대해 플라톤이 자세히 언급하지 않았던 마음을 알 것 같다.

그런 플라톤의 묘사를 통해 알 수 있는 것은 아틀란티스가 단 하룻밤 만에 대지 속으로 잠기고 바닷속으로 침몰했다는 사실이다. 그 땅에 살고 있던 아틀란티스 사람들도 갈라진 땅 속으로 매몰되거나 바닷속으로 잠겨져 그 자취를 감추었다는 사실이다.

후세의 아틀란트로기 논쟁에 있어서 늘 쟁점이 되는 것은 허무하게 끝나버린 아틀란티스 최후의 기록 때문이다. 어떻게 거대한 나라가 있었던 큰 섬이 하룻밤 사이에 붕괴해 버릴 수 있는 것일까.

예컨대 세계에서 지진이 많은 나라로 알려진 일본에서
도 일본열도 전부가 하룻밤 사이에 바닷속으로 침몰해 버
리는 가능성은 상상할 수 없다. 고베에서 일어났던 대지진
의 비극은 지금도 기억에 생생하지만 그 지진으로 붕괴한
것은 고베 지방뿐이었다. 1923년에 일어난 관동대지진에
서도 폐허의 도시가 된 것은 일본의 일부 지역에 지나지 않
았다. 대륙 전체가 하룻밤 사이에 침몰해 버렸던 재해는 고
대 이집트 이후에 문자로 기록되어 있는 인류사에서는 찾
아볼 수 없다. 현대 지질학자들도 그런 일은 있을 수 없다
고 주장한다.

그렇다면 아틀란티스 대륙은 아직도 지구상에 존재하고
있어야 되지 않을까.

어쨌든 영화를 자랑하던 아틀란티스의 번영은 어느 날
갑자기 막을 내렸다. 하지만 아틀란티스에 관한 증거는 신
비롭게 존재했다. 세계의 고대 문명에 그리고 그 고대문명
을 계승한 여러 문명들에 아틀란티스의 최후와 너무도 비
슷한 어느 민족의 비극이 구전으로 전해오고 있었다. 만약
그런 이야기가 한 곳에서만 전해오고 있다면 그 땅의 전승

문학과 아틀란티스의 비극이 우연히 일치했다고 할 수도 있을 것이다. 하지만 그런 전설은 남태평양의 섬들, 메소포타미아, 북미의 인디언, 남미의 고대 잉카제국 등 세계 모든 지역에 펼쳐져 있다. 그렇게 전해오는 전설들에 의하면 그 모든 전설의 근원이었던 어느 대륙의 참극이 있었다는 것은 사실이다. 세계 각지에 전해오는 신화나 전설을 들어보면 갑자기 아틀란티스를 덮쳤던 그 천재지변은 바로 아비규환의 지옥과도 같았다고 한다.

> *하늘은 울부짖고 바다는 사나워져*
> *섬은 하룻밤 사이에 무너져 사라졌다*

아틀란티스 붕괴 전날 뭔가 불길한 징후가 있었다. 그 날 헤라클레스의 기둥 너머 먼바다로 출항했던 병사들의 배가 예정시간이 되어도 항구로 돌아오지 않았다. 아틀란티스의 병사들은 이름난 항해사들로 그 때까지 그런 일은 한 번도 없었다. 항구에는 그들을 기다리는 가족들이 배가 돌아올 바다만 바라보고 있었다. 그 때 그 중에서 나이든 어느 노인이 갑자기 몸을 떨며 이렇게 소리쳤다.

"무슨 일이 있는 것 같다. 하늘이 점점 땅으로 떨어지는구나. 내 생전에 이런 일은 한 번도 없었어."

노인이 말했듯이 하늘은 이미 여명의 시간임에도 불구하고 검은 구름에 뒤덮여 한줄기 빛도 보이지 않았다. 뿐만 아니라 구름은 미친 듯이 하늘에서 소용돌이쳤다. 검은 하늘로 향했던 시선을 바다로 돌리자 그 때까지 한 번도 본 적이 없는 사나운 파도가 바다를 뒤집듯이 몸부림치며 항구를 향해 달려오고 있었다. 그렇게 높은 파도가 지난 밤에 먼바다에서 일었다면 아무리 굳건한 병사들이라도 파도에 삼켜지고 말았을 것이다. 그러나 아무도 그런 생각을 말하지 못하고 다만 다가오는 공포를 느끼며 몸이 굳어져 갈 뿐이었다.

그 때 대지가 크게 흔들리기 시작했다. 그러자 그 섬에서 제일 높은 산이 검은 하늘을 향해 크게 입을 열며 붉은 불꽃을 뿜었다. 그 산은 역사상 몇 번의 분화기록을 남기고 있었지만 지난 수백 년 간은 분화한 적이 없었다. 용암의 흐름은 멀리서 볼 때는 느리게 흘렀지만 가까이 보면 빨리 흘러 떨어졌다. 두려움에 발이 묶여서 빨리 달릴 수 없는 사람들은 속절없이 그 용암의 흐름에 삼켜져 버렸다. 산꼭 대기에서는 붉게 타오르는 크고 작은 바위들이 마치 비처럼 산기슭의 도시로 쏟아졌다. 용암의 흐름에 삼켜지고 날아오는 뜨거운 돌의 공격을 만난 아크로폴리스의 교외 농촌 지대는 한가하던 그 전날의 풍경과 달리 순식간에 아비규환의 들판이 되었다. 검게 타서 죽은 소나 양들, 그보다도 더 비참한 것은 온몸이 불에 쌓인 채 달려가고 있는 아이들이었다. 그러나 부모들의 모습은 보이지 않았다. 아이들을 지키기 위해 집 밖으로 뛰어나갔다가 용암의 흐름에 이미 삼켜졌는지도 모른다.

같은 시간 아크로폴리스가 자랑하던 둥근 수로가 크게 두 갈래로 갈라졌다. 이것은 한꺼번에 많은 물이 도시로 흘러드는 것을 의미한다. 도시의 집들은 2층까지 물에 잠겼다. 1층에 살던 사람들은 도망갈 길을 찾지 못해 죽었다.

2층으로 도망간 사람들 또한 불어난 물로 인해 오래 버티지 못했다. 도시를 엄습한 홍수를 간신히 피한 사람들에게 이번에는 장대 같은 비가 앞을 볼 수 없을 정도로 쏟아지기 시작했다.

수로에서 넘쳐난 물, 내리 쏟는 많은 비…. 아크로폴리스는 어디를 보아도 물뿐이었다. 어제까지 계속됐던 도시의

번영을 느낄 수 있는 것은 언덕 위에 세워진 궁전과 신전뿐
이었다. 그러나 그 날 저녁 아틀란티스에 최후가 다가왔다.
대지가 밑바닥을 드러내듯 크게 솟아올랐다가 다음 순간
지구의 중심까지 끌려가듯 아래로 떨어졌다. 어제까지 반
석처럼 튼튼했던 대지는 이제 파도에 띄워진 나뭇잎처럼
밀려 올려졌다가 끌려 내려졌다. 그렇게 몇 번이나 대지의
상하운동이 반복된 뒤 땅은 형용할 수 없는 큰 힘을 받았
다. 순식간에 번개 같은 빛이 달려가고 그 빛이 지난 곳을
따라 땅이 갈라져 갔다. 그 갈라진 곳으로 많은 아틀란티스
사람들이 떨어져 자취를 감추었다. 갈라진 곳은 지구 속 깊
이에 있는 마그마가 보이는 곳까지 이르러서 갈라진 곳에
떨어진 인간은 한 순간에 수증기로 변하고 말았다. 몸도 뼈
도 변하여 인간이 존재했다는 흔적은 전혀 남지 않았다.

　그러나 그렇게 세상을 떠난 사람들은 운이 좋았다고 말
할 수 있었을 것이다. 간신히 배를 타고 도시를 떠나 항구
에 도착한 아틀란티스 사람들에게는 더 비참한 시련이 기
다리고 있었다. 바다에서도 하늘과 땅이 뒤집어진 것 같은
혼란이 반복되었다. 표현할 수 없는 거대한 파도가 밀려왔
다가 밀려갔다. 마치 바다가 하늘이 된 듯 거꾸로 내려꽂히

는 것이었다. 그럴 때마다 바다 위에 떠 있던 배는 한꺼번에 하늘 높이까지 치솟았다 다음 순간 아래로 떨어지는 것이었다. 그럴 때마다 배에 타고 있던 사람들은 나뭇잎처럼 하늘에서 바다로 떨어졌다. 그 광경을 목격한 사람들은 놀라서 육지로 도망치려고 했다. 하지만 그것은 쓸모없는 저항이었다. 높은 파도는 밀려갈 때마다 육지를 크게 깎아서 해변뿐만 아니라 내륙까지도 모두 바닷속으로 끌어당겨 버렸기 때문이다.

아틀란티스는 확실히 존재했다

아틀란티스의 참극은 그렇게 바다와 육지, 산에서 동시에 일어났다. 화산의 분화, 지진, 홍수, 높은 해일이 이전에도 볼 수 없었고 이후로도 볼 수 없을 큰 규모로 들이닥쳐 섬을 파괴하고 사람들을 사라지게 했다. 군대의 규모만 보아도 아틀란티스의 인구는 최소한 수백만은 됐을 것이다. 그런데 그 참극의 밤을 지나는 사이 그 방대한 인구는 거의 목숨을 잃었다. 너무나 갑자기 일어난 비극이었고 국토마

저 지상에서 그 모습을 감춰 버렸기 때문에 그 나라의 문화나 문명은 이 세상에서 흔적도 없이 사라지고 말았다. 플라톤식으로 해석하면 그야말로 '제우스 신이 내린 최후의 심판'이었던 것이다.

수백만의 인구 중에서 겨우 살아남은 사람들은 셀 수 있을 만큼 적었을 것이다. 그들은 아마도 바다에 던져진 경우로, 떠도는 배 조각이나 나무 조각을 잡고 표류한 뒤 어느 외딴 섬이나 미지의 땅에 도착하여 다시 새생활을 시작했을 것이다. 그토록 험했던 참극을 이겨내고 살아남은 생존자들은 행운도 따랐겠지만 몸도 정신도 굳세고 튼튼한 사람들이었을 것이다. 그들 중에는 비상시에 기대하지 않았던 강인함을 발휘하는 여자도 있었을 것이다. 그리하여 그들은 자연스럽게 결합했고 아이들도 태어났을 것이다. 그들은 아이들에게 자랑스러운 선조들과 아틀란티스의 이야기, 그리고 그 무서운 최후의 날에 대해 이야기해 주었을 것이다.

오늘날 세계 각지에서 전해지는 태고의 영화로운 문명 이야기나 인류의 역사에 기록된 대홍수의 기억은 아무리 생각해도 그 시작은 아틀란티스 사람들이 말한 경험담에서 기인한 것으로 생각된다.

인류 발상의 역사로부터 헤아려보면 이미 300만 년에서 500만 년은 경과했다. 1만 2000년 전에 훌륭한 문명을 이룩할 수 있었다는 것은 결코 불가능한 일이 아닐 것이다.

III

아틀란티스였다
남극 대륙은

46억 년 전의 지구

가장 오래된 인류 문화는 어떤 것인가.

유적이나 점토판 같은 고문서가 발견되면서 밝혀진 것은 기원전 5000년~4000년경 메소포타미아에서 꽃피웠던 우루 왕조의 문화라고 한다. 기원전 3000년경에는 고대 이집트에서 통일 제일왕조가 이뤄졌고 이집트 문명은 그 후 3000여 년에 걸쳐 피라미드로 상징되는 장대한 규모로 번영하게 된다.

그리고 이 책의 주제인 아틀란티스도 전해오는 바에 의하면 그 문명들보다 시대를 거슬러 올라간 1만 수천 년 전쯤에 메소포타미아나 고대 이집트를 훨씬 능가하는 찬란한 문화를 이룩했었다. 그러나 그 문명은 어떤 이유에서인지 약 1만 2000년 전에 자취도 없이 사라지고 말았다.

이렇게 말하면 인류의 문명은 유구한 역사를 지닌 것처럼 보인다. 그러나 지구의 역사와 인류의 역사를 비교해 보

메소포타미아 점토판

투르크메니스탄에 있는 아쉬카바드(Ashkabad)에서 B.C 4500년 전 것으로 보이는 점
토판이 발견되었다. 이것은 B.C 2000년 전 메소포타미아 북부 텔하리니 근처 마리 시
의 고대 도시의 것으로 밝혀졌다.

면 인류의 역사가 얼마나 짧은 것인가 통감하게 된다. 왜냐 하면 지구의 연령은 대략 46억 년이나 되기 때문이다.

지구가 탄생한 뒤 현재까지를 1년으로 환산한다면 인류 최초의 호모 사피엔스가 등장한 것은 1년의 마지막 날인 12월 31일 오후 11시 49분에 해당된다. 그리고 인류의 역사 가 기록으로 남겨진 것은 오후 11시 59분 34초이다. 길다고 생각했던 인류의 역사는 지구의 역사에 비하면 다만 한순 간에 지나지 않는 것이다. 따라서 지구의 긴 역사를 생각하 면 대지가 갈라져 바다로 침몰하는 일이 몇 번이나 일어난 다고 해도 조금도 이상한 일이 아닐 것이다.

그렇다면 지구가 우주의 대폭발로 탄생됐다는 것은 이 미 잘 알려져 있지만 탄생 후 46억 년이 지난 것은 어떻게 알게 되었을까.

도쿄 대학 명예교수인 다케우치(竹內均)의 저서 중에 《지구는 반숙의 계란》이라는 재미있는 제목의 책이 있다. 그 책에 의하면 지구의 구조는 반쯤 익은 삶은 계란처럼 되 어 있다고 한다. 삶은 계란의 껍질 부분이 지각, 흰자에 해 당되는 부분이 맨틀, 노른자에 해당되는 부분이 핵이라고 한다.

지각의 두께는 대륙에서 30~50km, 해양에서는 5~10km 이고, 지구 반경이 약 6400km이므로 계란 껍질에 비교되는 두께인 것을 알게 된다. 맨틀과 핵의 경계는 지구표면에서 약 2900km 정도의 거리에 있다. 지각과 맨틀은 암석으로 구성된 고체이다. 핵 부분은 철분 같은 금속이지만 형태상으로는 유동성을 갖는 액체이다. 맨틀은 고체이지만 1년에 몇 센티미터씩 천천히 흐르고 있다. 그런 현상을 맨틀대류라고 한다. 그리고 이런 맨틀대류 때문에 대륙이나 해저가 이동하고 있다는 설을 주장하는 학자도 적지 않다.

지구의 연령을 알게 된 것은 지각에 함유되어 있는 암석의 방사성 원소를 통해서였다. 대륙에서 발견된 방사성 원소 중 가장 수명이 긴 것은 약 38억 년이었다. 역으로 계산하면 지구의 핵은 약 46억 년이 되는 것이다. 지각과 핵의 연령 차이는 지구가 생성 당시에는 뜨거운 유동체였다는 것을 의미한다.

시간이 흐르면서 핵은 몇 번이나 분화하여 용암을 분출했다. 그 용암이 식어서 굳어진 것, 예컨대 다쳐서 생긴 상처가 굳어져서 딱지같이 된 것이 지구의 표면을 덮게 되었다. 그것이 지각이 되고 대륙이 되었다. 즉 대륙은 핵의 화

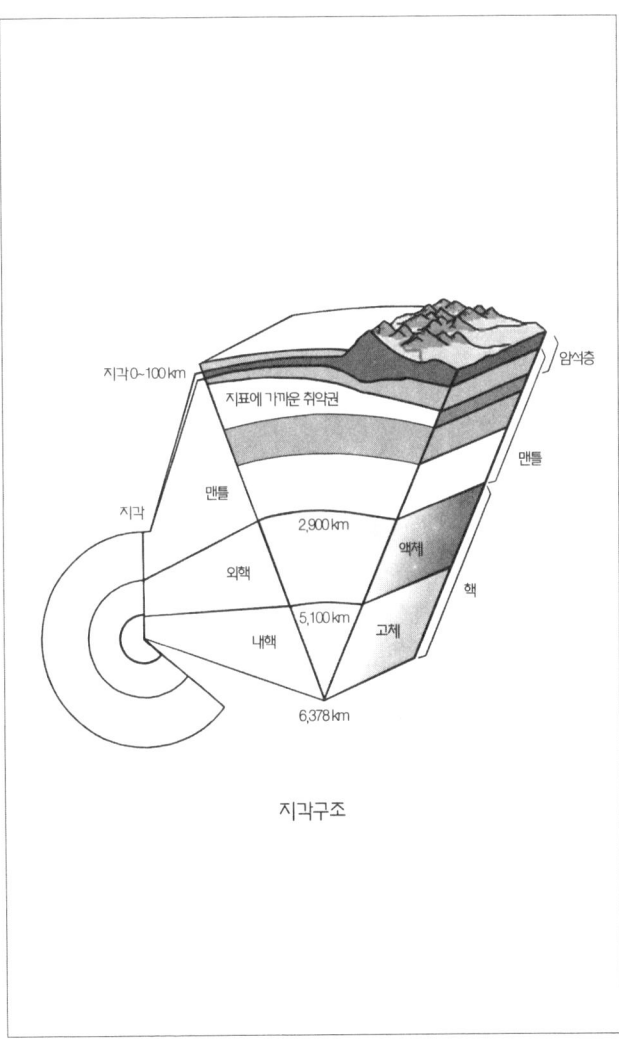

지각구조

산활동에 의해 만들어진 것이다. 핵의 활동은 지금도 계속되고 있으므로 대류의 생성은 현재도 진행중인 것이다. 화산활동이 활발한 지역은 그만큼 성장성을 갖고 있다고 할 수 있다. 따라서 일본 같은 땅은 아직도 성장기 한가운데 있는 육지라고 말할 수 있다.

먼 옛날 에베레스트의 정상은 바다였다

세계지도를 펼쳐 보면 현재 지구상에는 남 · 북미 대륙, 유럽 대륙, 아시아 대륙, 아프리카 대륙, 오스트레일리아 대륙의 5대륙이 당당하게 존재하고 있다. 하지만 태초의 세계에는 대륙이 존재하지 않았고 모든 표면이 바닷물로 덮혀 있었다. 바꿔 말하면 세계 전체가 바다였던 것이다. 그 고대의 대양은 고태평양으로 불린다.

네팔의 히말라야 지방에는 8000m를 넘는 높은 산들이 줄지어 서 있는 세계 최고의 산맥이 있다. 원래 히말라야는 산스크리트어로 '눈의 집'을 뜻한다. 신이 거처하는 곳으로 네팔 사람들의 깊은 신앙심을 집결시키는 '신령한 봉우리' 라는 의미도 지니고 있다.

인도에서 내륙으로 더 깊숙이 들어간 네팔은 1950년까지 나라를 개방하지 않았다. 1950년에 네팔이 개방되자 세계의 산악인들은 오랫동안 동경했던 에베레스트 등정에 도전했다. 그 때 히말라야를 향해 간 것은 등산가들만이 아니었다.

히말라야 산맥들의 지질을 조사하는 것은 세계 지질학자들의 꿈이기도 했다. 1951년 UN은 세계적인 지질학자들 중 한 사람인 하겐 교수를 단장으로 하는 조사단을 히말라야로 보냈다. 하겐은 10여 년 동안 히말라야에 머물면서 그 땅을 모든 각도에서 조사했다.

그 결과 에베레스트의 정상이 석회암으로 구성되어 있다는 놀라운 사실이 밝혀졌다. 석회암은 생물의 시체가 수중에 쌓이면서 형성되는 것으로, 정상이 석회암으로 되어 있다는 사실은 에베레스트의 정상이 한때 얕은 바다이어서 삼엽충이나 갯나리 같은 것이 다량 서식했던 것을 의미한다. 다른 대륙의 몇천 미터가 넘는 산맥에서도 같은 조사가 이뤄졌는데, 그 결과 지구상의 모든 산맥의 암반에서 수생동물의 화석이 발견되었다. 따라서 수억 년 전의 지구표면이 오직 바다였다는 결론을 갖게 된 것이다.

6억 년 전에 출현한 초거대 대륙 곤드와나

바다에서 지구의 핵이 분화했고 뜨거운 열에 녹은 용암이 치솟았다. 그 용암이 식으면서 굳어지고 그것이 모여 육지가 탄생되었다. 그런 현상은 지구의 여러 곳에서 일어났지만 용암이 흘러 탄생한 최초의 육지는 말할 수 없이 거대하고 하나로 연결된 육지 즉 하나의 대륙이었던 것이다. 그 거대한 대륙은 곤드와나(Gondwana)로 알려져 있다.

곤드와나는 인도 남부에 사는 드라비다인의 조상인 곤즈(Gonds)의 땅이라는 의미이다. 곤드와나가 출현했던 시기는 대략 6억 년 전의 일이라고 한다. 그 때 이미 지구상에는 원시 생명이 탄생했다. 원시 생명은 광합성이 되는 생물에서 다세포 생물의 탄생으로 진화되어 갔다. 곤드와나 대륙이 출현할 무렵 가장 진화한 생물은 해파리나 말미잘이었다고 한다.

그 시기에 생물은 그야말로 '생물의 대폭발'이라고 불

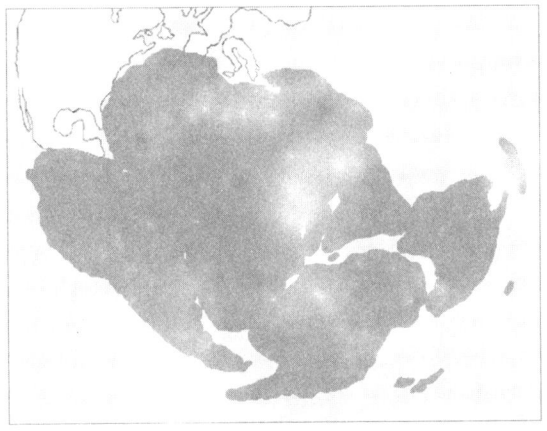

곤드와나 대륙

1억 6000만 년 전 남극 대륙은 곤드와나라고 불리는 거대한 대륙의 일부였다. 이 초거대 대륙은 인도, 아프리카, 남아메리카, 뉴질랜드, 오스트레일리아를 포함하고 있었다.

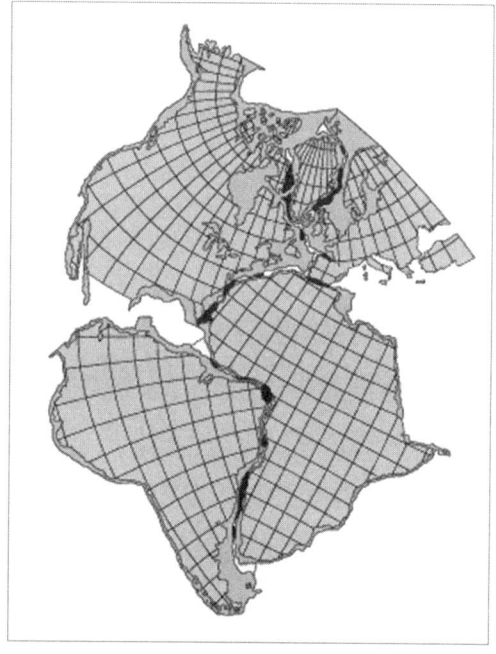

판게아 대륙

현재의 5대륙은 판게아 대륙에서 분열하여 생긴 것이다. 따라서 5대륙을 대서양의 중앙부 쪽으로 붙여보면 각 대륙의 해안선이 서로 맞는 것을 알 수 있다.

리는 대발생기를 맞이했다. 이전까지 생물의 종류는 십수 종 정도였지만 그 시대에 갑자기 1만 종류가 넘는 새로운 생물이 탄생했던 것이다. 그 후 고생대 동물들이 진화와 절멸을 되풀이하는 동안에 판게아(Pangaea) 대륙이 출현했다. 현재의 5대륙은 그 판게아 대륙이 분열한 결과 생긴 것이라고 한다.

현대의 5대륙을 대서양의 중앙부 쪽으로 붙여보면 마치 퍼즐을 끼워 맞추듯이 해안선이 서로 맞는 것을 볼 수 있다. 이것은 한때 지구상의 대륙이 한덩어리였음을 말하는 것이다.

곤드와나 대륙은 지각이 불안정하여 큰 변동이 되풀이 되었다. 판게아라고 불리게 될 무렵 대륙은 맨틀 위로 떠오르면서도 안정되어 갔다.

판게아 대륙은 약 3~4억 년 전에 생성되었다. 오스트리아 대륙, 남미 대륙, 아프리카 대륙의 남부 및 인도에 약 3억 년 전 빙하시대의 흔적이 남아 있는 것을 보면 그런 추측을 가능하게 한다.

현재는 각각 흩어져 있는 대륙이 태고에는 하나의 대륙이었다는 증거는 또 있다. 스칸디나비아 반도에서 북미까

지 걸쳐 있는 아파라티아 산맥은 원래 하나로 연결되어 있
던 산맥으로 생각된다. 현재 두 대륙에서 볼 수 있는 중생
대의 공룡이나 지렁이, 달팽이의 화석분포도를 보아도 하
나의 대륙이었다는 것을 증명해 준다.

베게너의 대륙 이동설

태고의 지구에는 대륙이 하나밖에 없었는데 왜 현재는
다섯 개의 대륙으로 갈라져 있는 것일까.

'하나의 대륙이 다섯 개의 대륙으로 갈라진 것은 대륙이
이동했기 때문'이라는 대륙이동설을 주장한 사람은 독일
의 지구물리학자 앨프레드 베게너(Alfred L. Wegener)였다.
그의 주장에 의하면 대륙의 분할은 지금으로부터 1억 2000
만 년에서 1억 3000만 년 전에 일어났다고 한다. 베게너는
1910년대 초부터 활약한 학자로서 1915년 《대륙과 해양의
기원》이라는 책을 출판하면서 대륙이동설을 발표했다. 대
륙이동설은 대지가 움직이지 않는 반석 같은 것이라고 믿
고 있던 그 시대 사람들에게 충격이었다.

앨프레드 L. 베게너 (Alfred L. Wegener, 1880~1930)

1910년대에 활약한 지구물리학자. 하나의 대륙이 다섯 개의 대륙으로 갈라진 것은 대륙이 이동했기 때문이라는 대륙이동설을 주장했다.

　판게아의 판(Pan)은 범(凡)을 뜻하며 게아(gea)는 가이아(gaia)에서 딴 이름으로 희랍 신화에 나오는 대지의 여신이다. 판게아 대륙은 두 개의 큰 힘 때문에 분할되었고 그 결과로 대서양이 탄생되었다고 한다. 극지에서 적도로 향하는 원심력이 힘의 균형을 잃으면서 아프리카 대륙이 탄생되었고 그 대륙에서 남극 대륙과 오스트레일리아 대륙이 갈라져 나왔다. 또한 같은 시기에 인도양이 탄생되었다.

　남·북미 대륙과 유럽 대륙을 탄생시킨 이동은 3000km라고 한다. 베게너는 그 이동이 거의 1억 5000만 년에 걸쳐 일어났다고 주장한다. 그의 계산에 의하면 두 대륙 사이의 거리는 1년에 2cm씩 떨어져 나간 것이었다. 베게너의 대륙 이동설은 지리학, 기상학, 고생물학, 지질학, 동물지리학 등의 과학적인 이론을 총동원하여 전개한 철저한 조사였다. 그 방대하면서도 상세한 내용은 그가 뛰어난 학자였음을 보여준다.

　하지만 베게너의 학설은 당시의 지질학회에서 완전히 무시되었다. 처음으로 지동설을 제창한 코페르니쿠스가 예수교 교회에서 철저히 거절당한 것과 같은 경우였다. 베게너는 지질학자이면서 모험가적인 면도 있어서 기구에 의한 고층 기상관측을 창시한 장본인이기도 하다. 공중에 머무는 시간이 52시간으로 당시 세계기록을 보유하기도 했다. 실제로 기구를 사용하여 그린란드의 탐험조사를 하기도 했다. 하지만 1930년 4번째 그린란드 탐험에서 조난을 당해 사망했다. 세계를 흔들었던 그의 주장이나 연구도 중단되었다. 그리하여 베게너를 '40년이나 너무 일찍 태어난 학자'라고 말하는 사람도 있다.

1950년대에 들어 해양조사가 진전됨에 따라 대륙이동은 확실한 것으로 인정되었다. 대륙이동의 원동력이 맨틀대류라는 결론에 이르렀기 때문이다. 최근의 측정에 의하면 현재의 대륙이동 속도는 판게아 대륙 분할시대의 2배가 되어 1년에 4cm 정도씩 이동하고 있다고 한다.

현재의 지질학은 대륙이동을 사실로 받아들이고 있다. 우리들이 확실히 알고 싶은 것은 대륙이동의 원인이다. 컴퓨터의 진보로 지진파의 기록 등에서 방대한 계산자료와 그것을 기본으로 한 시뮬레이션 화상이 완성되어 대륙이동의 실제가 컴퓨터 화면에 재현되는 날도 멀지 않은 것 같다.

1만 1600년 전 대륙의 대이변

햅굿이 〈피리 레이스의 지도〉 연구에 몰두한 진의는 아틀란티스 문명이 실제로 존재했는가를 검증하고자 한 것이 아니었다. 그는 원래 고대 지학을 연구하는 지질학자였고 지각이동설을 믿고 있었다. 따라서 고지도를 모사했다는 중세의 지도에서 지각이동의 흔적을 찾으려 했던 것이다. 햅굿이 지각이동설에 흥미를 느낀 것은 베게너가 재평가되기 시작한 1950년대 초였다. 하지만 햅굿의 지각이동설은 그 당시 주류를 이루었던 '맨틀대류를 원동력으로 대류이 이동한다'는 주장과 타협할 수 없는 것이었다.

여기서 맨틀대류에 대해 간단히 설명하면, 이미 언급했듯이 지구의 가장 바깥층인 맨틀은 삶은 계란의 흰자에 해당하는 부분이다. 맨틀을 덮고 있는 껍질 같은 것이 우리들이 살고 있는 대지(지각)인 것이다. 맨틀은 지각보다 단단하지 않고 유동성이 많으며 천천히 대류하고 있는 것이 확실하다. 이 대류의 영향으로 그 껍질인 지각도 변동한다는 것이 맨틀대류설이다.

그러한 맨틀대류설에 대응하는 또 하나의 대륙이동 원

동력으로 유력한 것은 플레이트(Plate—지각을 구성하는 두께 100km 정도의 암판)의 이동이다. 그 학설은 일반적으로 '판구조론(板構造論, Plate Tectonics)'이라고 한다. 햅 굿이 주장한 것이 바로 그 '판구조론'이었다.

맨틀의 깊은 부분은 뜨겁게 끓고 있고 그 열기로 인해 맨틀은 상승하는 경향이 있다. 상승한 맨틀은 얕은 곳으로 이동하면서 압력이 저하되면 마그마로 변한다. 마그마는 딱딱한 고체가 되어 해양 밑바닥이나 대륙의 암석 같은 것이 된다. 그렇게 굳어진 부분을 '플레이트'라고 한다. 플레이트에는 미묘한 균열이나 균열이 서로 겹쳐져 있는 부분이 있다. 그 균열이나 겹쳐진 부분이 어긋날 때 대규모의 함몰이 일어나며 대륙에 격변이 일어나기도 한다. 그런 격변이 대륙이동을 가능하게 하지 않았는가 하는 것이 '판구조론'에 의한 대륙이동설의 근거이다.

지구상에서는 100만 년도 넘는 동안 플레이트가 계속 작용하여 대륙을 갈라놓거나 수축에 의해 산맥을 만들어 왔다. 현재의 화산활동이나 지진활동도 플레이트의 움직임 때문이다. 즉 긴 지구의 역사를 되돌아 볼 때 대륙은 결코 움직이지 않는 것이 아니라는 것이다.

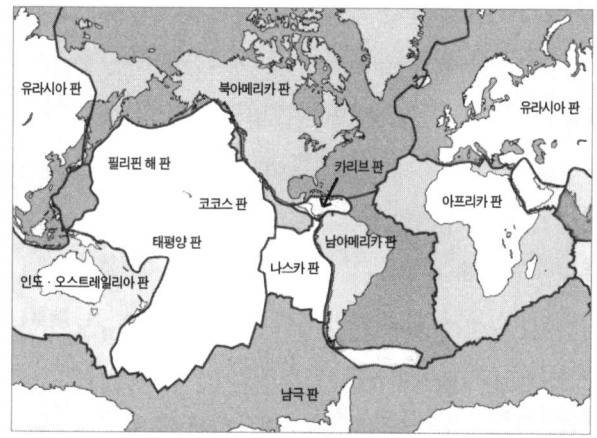

판구조의 분포

지구 표면은 십수 장의 판으로 덮여 있다. 판은 서로 이동하고 있으며, 판 경계에서는 다양한 지각 변동이 일어나고 있다. 이를테면 판끼리 부딪쳐서 한 쪽이 다른 쪽 아래로 침강한 곳이 해구, 스쳐 지나가면서 생긴 것이 트랜스폼 단층이다. 또 새로운 판이 생겨 양쪽으로 갈라져 이동을 시작하는 장소는 해령이 된다.

일반적으로 플레이트는 장기간에 걸쳐서 각각 천천히 이동하다 급격한 지각변동을 일으킨다고 생각하지만 햅굿의 지각이동설은 모든 플레이트가 서로 호응하듯이 한꺼번에 변동한다고 주장하는 데 특징이 있다. 그리고 햅굿은 마지막 대륙이변이 지금으로부터 1만 1600년 정도 전에 일어났다고 추정하는 것도 주목된다. 그 시기는 아틀란티스 대륙이 멸망했다는 시기와 가깝다.

플라톤이 전하는 아틀란티스의 멸망과 지구상의 대륙이변은 같은 시기에 일어났던 것일까. 단순히 우연에 지나지 않는 것일까. 혹은 그 두 현상 사이에 깊은 관계가 있는 것일까.

지자기가 알려주는 지각 변동의 진상

지구가 큰 자석으로 이루어져 있다는 것은 2000년 전에도 알고 있었다. 콜럼버스나 마젤란도 별의 운행뿐만 아니라 자기 나침반을 사용하여 방향을 알아냈다. 자기 나침반이 없었다면 대항해 시대에 이뤄진 모든 항해는 실패로 끝

낮을지도 모른다.

고대에는 극지의 방향이 달랐던 것으로 밝혀졌다. 그것은 뉴스를 통해 세계에 알려진 사실이니까 기억하고 있는 사람도 있을 것이다.

고자기(古磁氣)의 조사에서 초고대 때 인도가 남태평양에서 아시아로 접근해 있는 점이나 뉴펀들랜드, 마다가스카르, 일본 같은 섬이 회전을 되풀이하고 있는 점, 러시아의 각 부분은 수천 킬로미터나 이동하면서 수십 도의 방향이 바뀐 점 등이 사실로 밝혀졌다.

고대자기 연구는 시작한 지 얼마 되지 않기 때문에 자기의 측정법 혹은 그 해석에 따라 몇 개의 설이 있다. 그 중 대표적인 것을 소개하면,

☐ 시베리아 지구에서 수집한 데이터에 의하면 리프기 (지금으로부터 15~5억 5000만 년 전)의 극지점은 태평양의 중심부 근처에 있었다고 한다.

☐ 그것이 고생대에 이르면 극지는 전에 위치했던 태평양 중심부에서 6000 km 떨어진 곳으로 이동했다.

□ 이첩기(二疊紀) 때 극지는 현재의 태평양에 있는 솔
　로몬 근처였다고 한다.

　극지이동설을 인정하는 학자는 적지만 여러 각도에서
논의되는 극지론을 지도 위에 표시한다면 1억 년 전 지구
의 극지 후보는 1000여 곳이 된다고 한다. 1000여 곳의 후
보지는 극지 이동이 있었다는 전제 하에 가능한 것이므로
극지 이동, 즉 지각의 변동은 인정되고 있는 것이다. 극지
가 이동하고 있는 것은 명확한 사실이지만 어떻게 이동하
는지, 어느 방향으로 이동하는가에 대해 여러 가지 가설이
있다. 그 중에서 지각이동은 지자기가 변하기 때문에 일어
난다는 가설이 가장 설득력을 지니고 있다. 햅굿도 지각이
동은 지자기의 변화 때문이라는 가설을 세웠다. 그리고 그
런 가설을 바탕으로 하여 지각이동설을 확립시키는 데 10
년의 세월을 바치게 된 것이다.

역전하는 지구의 자장

지구에는 확실히 자장이 있지만 너무 약하기 때문에 평상시에는 자력을 느끼지 못한다. 뉴턴의 사과나 몸이 가벼운 고양이가 지붕 위에서 뛰어내리면 지상으로 떨어지듯이 지상의 모든 것은 지구 중력장의 영향을 받고 있다. 다만 그것을 느끼지 못하는 것일 뿐이다.

자장이 극히 약하다고 하지만 그것은 인간이 자력을 받아들이는 감도가 둔한 것인지도 모른다. 예를 들면 철새들이나 회유어(回遊魚)들은 인간보다 훨씬 민감하게 지자기를 감지하는 능력을 갖고 있기 때문에 계절마다 이동을 반복할 수 있는 것이다. 햅굿의 지각이동설의 최대 근거는 자장의 변화와 역전이 일어나서 지구상의 지각에 급격한 변화가 일어난 것이 아닌가 하는 점이다. 햅굿에게 있어 아틀란티스는 자신이 오랫동안 생각해 온 '지구 대륙은 과거의 심한 변화를 반복하고 있다'는 가설을 뒷받침해주는 무엇보다 극적인 사례였다.

자장의 방향 측정은 수백 년 전부터 행해졌다. 19세기 중엽, 자장을 측정하는 방법을 발견한 사람은 '가우스'였다.

가우스는 자력계를 만들어서 자장의 방향, 강도를 양측면에서 측정할 수 있게 했다.

그 결과 지구의 자장은 언제나 변화하고 있는 것으로 밝혀졌다. 구체적으로 말하면 지난 150년 간 지구의 자장 강도는 점차로 약해져서 100년에 5%씩 힘이 쇠퇴해 가는 것을 알게 되었다. 자장이 약해진다는 사실은 지구의 자장이 불안정함을 말하는 것이다. 그렇다면 자장의 변화에 따라 극점이 이동할 가능성도 많아진다.

최근에 바다 밑의 지자기 측정에 의해 2억 년에 이르는 지자기 자료를 입수하게 되었다. 자료에 의하면 지자기는 최근 500만 년 사이에 적어도 30회의 대전환이 있었다. 그런데 이런 전환은 전혀 예측할 수 없게 일어난 것이었다.

자장이 역전할 때는 자장의 강도가 일시적으로 약해져서 우주선이 지상으로 직접 도달할 수도 있다. 이제까지 지구상에서 어떤 생물이 절멸하거나 돌연변이를 일으킨 경우가 여러 차례 있는데 그 원인이 지자기의 변화 때문이 아닌가 추측하는 설도 있다. 그 예가 지금부터 6500만 년 전 공룡을 비롯한 지상의 생물 70% 이상이 절멸한 점이다.

생명의 역사를 살펴보면 원시적인 생명의 탄생은 약 35

억 년 전이었다. 원시적인 생명이란 박테리아 단계를 말하는 것으로 우리들이 상상하는 생명의 탄생은 쥐라기부터일 것이다. 쥐라기는 약 2억 년 전으로 지구상에는 공룡들이 번성했을 때였다. 그런데 1억 년 이상 지구상에서 크게 번성하던 공룡들이 왜 6500만 년 전에 돌연히 그 자취를 감추어 버린 것일까.

빙하기는 반복된다

지질학이라고 하면 바위나 모래알을 가지고 무엇을 조사할 수 있을까 궁금해 할 사람들도 있을 것이다. 그러나 어떤 면에서 지질학은 장대한 낭만을 좇는 꿈이 있는 학문이라고 말할 수 있다.

지층의 단면도를 보면 그 단면이 고운 층으로 되어 있으며 조개껍질 화석이 층을 이루고 있는 경우도 있다. 그 조개 껍질 중에는 밀물과 썰물에 따라 성장차이가 많은 것도 있다. 그 조개는 밀물 때 빠른 속도로 성장하다가 썰물 때가 되면 성장이 멈춘다. 따라서 일부 지역에서 발굴된 조개

껍질 화석을 절단하여 나무의 나이에 해당하는 조개의 성장선을 조사해 본다. 그리고 조사결과를 통해 그 지역 바다의 과거 조수간만의 리듬을 알게 되고 그 리듬을 통해서 지형과 지질의 변화를 알 수 있는 것이다.

오스트레일리아의 지질학자 윌리엄스는 장기간의 조석형태를 분석한 결과 6억 5000만 년 전 지구의 1년을 현재의 일수로 환산하면 13.1월이 되어 지금보다 훨씬 길었던 것으로 산출했다. 같은 방법으로 바닷속의 축적물을 분석하여 빙하기와 해빙기가 되풀이되는 리듬도 어느 정도 알게 되었다.

지구가 이제까지 몇 번의 빙하기와 해빙기를 되풀이 한 것은 이미 알려져 있다. 지난 70만 년 동안 최소한 7~8회의 빙하기와 간빙기가 되풀이되었다. '긴 지구의 역사를 통해 추웠던 기간이 훨씬 길었고, 현재는 온후한 간빙기에 해당되지만 서서히 한냉기로 향하고 있다'는 설이 유력하다.

현재는 지구의 온난화가 큰 문제가 될 것이라고 말하는 사람도 있을 것이다. 하지만 이 온난화는 사람들이 석유나 석탄 같은 연료를 지나치게 사용한 결과일 뿐이며, 대자연이 차츰 빙하기로 향해 가는 것을 막을 수 없다는 생각이 타당할 것이다. 지각의 이동, 빙하기와 간빙기의 반복 등과 같이 지구는 우리들이 생각하는 것만큼 고정적이지 않다는 것을 앞에 언급한 모든 사실들을 통해 이해했으리라 생각한다. 현재 우리들이 알고 있는 지구의 형태는 다만 현재 이런 상태에 있을 뿐 과거도 지금과 같았다고 단언할 수 없으며 미래 또한 항상 같으리라는 보장도 없는 것이다.

매머드의 멸망은 무엇을 의미하는가

지구의 과거를 되돌아보면 지구는 불안정하고 격동을 반복해 온 천체인 것을 알게 된다. 그러므로 유구한 지구 역사에 비하면 인간 문명의 역사는 정말 짧고 작은 것에 지나지 않는다. 현대 우리들은 아틀란티스 문명이 있었다는 1만 2000년 전은 상상도 할 수 없는 아득한 옛날로 느껴지기 때문에 태고니 초고대니 하는 말을 하게 된다. 하지만 지구의 역사를 통해 보면 1만 2000년 전은 어제와 같은 것으로서 아틀란티스에서 일어났던 천재지변은 앞으로 인류가 당면할 운명의 전초전인지도 모른다.

먼 미래에 지구상에 존재하게 될 지적 생명체들 사이에 선, 오늘날 우리들이 공룡에 관해 말하듯이 '한때 인류라는 생물이 번영했었다. 그러나 이젠 절멸하고 말았다' 는 식으로 이야기가 전해질지도 모른다. 그런 것을 암시하듯 1만 2000년 전 아틀란티스에서 큰 비극이 일어났던 때와 비슷한 시기에 지구상에선 생물의 대량 절멸이 있었다.

고대 지구의 수수께끼를 현대에 전하는 생물로서 널리 알려진 것이 시베리아 대륙의 툰드라에 냉동보존되어 있던 매머드들이다. 매머드는 동유럽에서 시베리아까지 넓은 범위에서 발견되고 있다. 그 중에서도 특히 시베리아는 천연냉동고가 되어 완전한 형태를 갖춘 매머드가 발견되고 있다. 시베리아의 침엽수림이 펼쳐진 타이가 지역에서는 200m, 북단의 툰드라 지대에서는 600m의 깊이까지 지면이 얼어붙어 여름이 되면 지표에 있는 엷은 부분만이 녹는데 그런 곳에 생명이 생식하는 것을 보면 다시 한번 생명의 강인함에 놀라게 된다. 그 얼어붙은 땅 깊은 곳에서 매머드가 몇 마리 발견된 것이다.

매머드가 번영한 것은 4만 년에서 1만 년 전이라고 한다. 그런 매머드가 수억 년 동안 얼어 있던 땅에서 발견된 것은 다음과 같은 이유 때문이 아닐까.

현재도 빙하에는 곳곳에 깊은 균열, 크레바스(Crevasse)가 있는 곳이 있다. 그곳에 떨어지면 현대 인간의 모든 기술이나 연장을 동원해도 구제할 방법이 없다. 그 먼 옛날 매머드들에게도 그런 일이 일어난 것이 아닐까.

어쩌면 이런 경우였는지도 모른다. 어떤 원인에 의해 죽은 매머드가 대지 위에 놓이게 된다. 그 위로 눈이 쌓이고 어디선가 옮겨진 흙에 덮인 채 얼어붙으면서 자연의 타임캡슐이 생기게 되고 매머드는 그 속에 파묻히게 된 것이다.

완전한 모습으로 발굴된 매머드

러시아의 대지에서 냉동 매머드가 발견됐다는 것은 오래 전부터 알려진 일이다. 우연히 이뤄진 것이 아니라 언 땅이 녹으면서 영원한 타임캡슐로 생각했던 동토에서 매머드가 발견되었던 것이다.

매머드는 동물학적으로 코끼리과에 속한다. 코끼리과에는 26종 이상의 동물이 있다. 그러나 현재 존재하는 것은 아프리카코끼리와 아시아코끼리뿐이다. 매머드는 지금 우리들이 알고 있는 코끼리와 같은 종족으로 한때는 그와 비슷한 동물이 많았지만 이제는 거의 모두가 사라지고 없다.

같은 매머드라도 그들의 크기엔 차이가 있었다. 제일 컸던 것은 컬럼비아매머드로서 어깨 높이가 4m, 체중이 10톤이었다. 제일 작은 것은 어깨 높이가 60~90cm였고 체중은 1톤 정도였다.

제정 러시아를 대제국으로 발전시킨 피터 황제는 매머드에 관심이 많았다. 그는 냉동상태에서 완전한 형태를 유지하고 있는 매머드를 찾아내길 기대했다. 그 당시 발굴된 매머드들은 대부분 얼었던 땅이 녹은 뒤 발견되었기 때문에 온도가 높아져 몸은 썩어 없어지고 뼈만 남아 있는 경우가 많았기 때문이다. 하지만 영구 냉동된 땅 위에서 매머드가 냉동보존되어 있는 위치를 찾는 것은, 사막에서 바늘을 찾는 것만큼 어려운 일이었다. 1700년대에 발견된 다섯 마리의 매머드는 모두 뼈밖에 남아 있지 않았다. 황제의 소원이었던 완전한 몸을 지닌 매머드는 발견되지 않았다.

현재 알려져 있는 매머드 중에서 가장 완전체(完全體)에 가까운 것은 시베리아 북동부 베료조프카(Beryozovka) 강

강둑에서 1901년에 발견된 매머드이다. 그 매머드는 위장 속에 방금 먹은 풀까지 들어있을 만큼 완전한 형태를 갖추고 있었기 때문에 조사단이 데려 간 개들이 서로 다투어 먹으려 했다는 이야기도 전해지고 있다. 이 베료조프카 매머드는 현재 페테르부르크의 러시아 과학 아카데미 동물과학박물관에 전시되어 있다.

다음으로 알려진 것은 1977년 오호츠크 해 부근에서 발견된 지마였다. 지마는 약 4만 년 전의 동토에서 발견되었는데 생후 6개월의 부드러운 피부 상태가 거의 그대로 남아 있었다고 한다. 지마의 심장은 꺼내져 해부되었다. 지마가 발견되기 7년 전인 1970년 시베리아를 관통하는 큰 강 인디키르카(Indigirka) 강의 지류 보료류프 강의 하류 바이칼 호(湖)에서 약 140마리나 되는 매머드의 뼈가 발견되었다. 그 이후 그곳은 매머드의 묘지로 불리고 있다. 물론 그것은 매머드가 공동묘지를 만들고 떼지어 시체를 매장한 것은 아니다. 어느 날 갑자기 무리 지어 있던 매머드가 궁지에 처했거나, 오랜 세월이 흐르는 동안 언 땅이 녹아 보료류프 강으로 흘러들었고 하류인 바이칼 호로 떠내려와 호수 밑으로 가라앉게 되면서 모여진 것으로 추측된다.

컬럼비아매머드(좌)와 시베리아매머드(우)

매머드 절멸과 아틀란티스 붕괴는 같은 원인이다

매머드는 약 1만 년 전에 지구에서 많이 서식했지만 누군가가 그 생명을 칼로 잘라버린 것처럼 갑자기 사라졌다. 매머드가 사라진 시대나 갑자기 없어진 원인이 아틀란티스의 최후와 비슷하다. 따라서 매머드를 동물계의 아틀란티스라고 생각하기도 한다.

매머드가 인간과 깊은 관계를 가진 동물이었다는 점은 여러 곳에서 발견되는 고대 유적의 벽화를 통해서도 상상할 수 있다. 매머드는 고대 인간들을 위한 최고의 먹거리였던 것 같다. 거대한 매머드를 한 마리 잡으면 상당한 양의 식량이 확보되기 때문에 고대 사람들은 그 거대한 식량을 획득하기 위해 죽음을 무릅쓰고 싸운 것 같다.

우크라이나의 메지리크에는 매머드의 두개골, 골반 같은 것을 사용한 인간의 주거 흔적이 발견되었다. 또 유럽의 고대 문명 유적에서는 매머드의 큰 이빨을 이용한 액세서리나 입상 같은 것이 발견되고 있다. 고대인들은 매머드와 가깝게 살고 있었던 것이다.

플라톤이 말한 아틀란티스에 관한 이야기 속에서도 '아

틀란티스의 숲속에는 코끼리 같이 거대한 동물들이 느린 걸음으로 오가고 있었다' 는 구절이 있다. 어쩌면 아틀란티스 사람들도 매머드를 최고의 먹거리로 삼았는지 모른다.

이렇듯 아틀란티스에 매머드가 있었다는 기록이 있는데 왜 현재 매머드는 시베리아의 얼어붙은 땅 속에서 발견되는 것일까.

코끼리는 하루에 수십 킬로그램의 나뭇잎이나 풀을 먹지 않으면 생명을 유지할 수 없다. 시베리아에 매머드가 많이 살았다는 것은 그 시대 시베리아에는 매머드의 왕성한 식욕을 채울 수 있는 나뭇잎이나 풀이 충분히 자라고 있었다는 것을 증명한다.

그것은 매머드가 살았던 시대, 다시 말하면 아틀란티스 시대의 시베리아는 현재보다 따뜻했고 식물이 무성한 곳이었을 것이다. 언 땅에서 발견된 매머드를 살펴보면 그 동물들은 굶어 죽은 것이 아니었다. 갑작스런 기후의 변화로 인한 환경의 변화 때문에 죽은 것이다.

현재 시베리아는 겨울이면 섭씨 영하 70도까지 내려가는 몹시 추운 곳이니까 그런 환경에서는 매머드뿐만 아니라 어떤 동물도 살아남기 힘들 것이다. 매머드가 갑자기 죽은 것을 보면 어느 시기에 시베리아의 대지 자체가 온대에서 한대로 갑자기 이동했다고 생각할 수밖에 없다.

매머드의 절멸과 아틀란티스 대륙을 연결하여 연구한 사람이 폴란드의 과학자 자이드랠이다. 자이드랠은 '매머드가 매장된 상황으로 미뤄보아 약 1만 년 전 아틀란티스 대륙의 멸망과 같은 시기에 지구의 북반구에 큰 기후변화가 갑자기 일어났을 것이다. 그리하여 아메리카 대륙과 유럽의 온난화, 북동아시아의 한랭화가 있게 된 것이다' 고 주장했다.

그 때 극점(極点)도 크게 이동했다. 북극은 당시 허드슨 해협에 있었으나 현재 북극의 위치로 이동했다. 그는 그 극지의 이동이 천체가 지구에 충돌했기 때문이라고 생각했다. 그리고 다음과 같은 결론을 내렸다.

'그런 변화는 갑자기 일어난 것으로 생각된다. 그리고 그것이 플라톤이 제시한 연대와 시간적으로 일치하기 때문에 아틀란티스 대륙의 멸망 원인도 천체와 지구의 충돌 때문이라고 생각하지 않을 수 없다.'

자이드랠의 주장을 입증하듯이 매머드와 같은 시기에 유라시아 대륙에서는 털이 난 코뿔소, 곰, 사슴, 스미로돈

(커다란 이빨을 가진 육식성 고양이과 동물), 북미 대륙에서는 대형 나무늘보, 스미로돈, 남미 대륙에서는 대형 갑각류, 오스트레일리아 대륙에서는 대형 캥거루, 유대류(암컷이 발육이 불완전한 채 태어난 새끼를 배주머니에 넣고 기름) 같은 것이 절멸했다.

갑작스런 극지이동을 일으킨 천체의 대충돌

자이드랠이 생각한 천체는 소혹성보다는 큰 천체였을 것이다. 왜냐하면 운석의 충돌은 요즘도 때때로 일어나고 있지만 지구 전체가 위기상황에 놓일 만큼 위험한 것은 아니라는 것을 알고 있기 때문이다. 애리조나에 세계 최대 규모의 대운석이 떨어져 생긴 대운석의 구멍이 보존되어 있지만 그렇게 거대한 운석이 충돌했더라도 피해가 미치는 것은 그 운석의 직경 몇 배에 이르는 범위에 불과할 것이다.

1908년 시베리아에 있는 퉁구스 숲에 작은 천체가 충돌했었다. 그 일은 '퉁구스의 알 수 없는 폭발사건'이라고 불리며 아직도 그 원인에 대한 확실한 해답을 찾지 못하고 있다. 하지만 가장 유력한 추측은 소혹성이 낙하한 것이 아닌가 하는 설이다.

자이드랠이 생각하는 매머드 최후의 날은 아틀란티스에 있어서도 최후의 날이 됐을 것이다. 자이드랠이 주장하듯 천체의 충돌 때문에 극지가 이동하는 상태였다면 매머드나 아틀란티스의 절멸만으로 끝나지 않았을 것이다.

소혹성이 떨어지면서 날씨는 미친 듯이 거칠어졌을 것이다. 땅 위나 바다 위, 한대, 온대, 지구상의 모든 곳에서 폭풍우가 일고 거센 비바람이 불고 물에 떠내려갔을 것이다. 자이드랠이 지적하듯 약 1만 년 전 지구의 양극이 한순간에 바뀌는 일이 일어났던 것 같다.

오토 무크도 양극의 변동을 인정하는 학자 중의 한 사람이다. 그 원인에 대해 그는 다음과 같이 주장하고 있다.

'1만 1500년 전 거대한 운석이나 작은 혹성이 북미의 남동해안 가까이 충돌했다. 그 충격의 여파가 아틀란티스 대륙을 침몰시키고 앤틸리스 제도를 탄생시켰다.'

아무리 생각해도 아틀란티스의 멸망은 너무나 갑작스러운 일이었다. 지각이동설에 이의를 제기할 생각은 없지만 일반적으로 지각변동은 수만 년 혹은 그 이상의 시간을 거치면서 서서히 진행되는 것이라 생각한다.

하지만 자이드랠이나 무크가 주장하듯이 소혹성의 충돌이 그 원인이라면 그것은 어느 날 갑자기 지구에 다가온 재난이다. 아틀란티스 사람들이 그 전날까지도 예상하지 못했던 기막힌 비극 속으로 휘말려 들어간 것도 그런 이유라면 설명이 될 것이다.

버클리에 있는 캘리포니아 대학에서 지질학과 지구물리학을 연구하던 월터 알바레스 박사는 이탈리아 구비오 시에서 6500만 년 전의 지층에 있던 붉은 점토로 된 이암(泥岩)을 가지고 연구실로 돌아왔다. 그 점토를 조사하는 중에 이상한 사실을 알게 되었다. 이리듐이라는 금속이 있는데 그것은 지구상에서 흔히 볼 수 없는 단단한 금속으로 대부분이 운석이나 유성에 의해 지구 밖에서 유입된 것이다. 그런데 그 점토 속에는 다른 것보다 30배가 넘는 이리듐이 함유되어 있었다. 의문을 느낀 알바레스 박사는, 그의 부친이며 버클리 대학의 명예교수이고 노벨물리학상을 탄 루이스 알바레스 박사와 함께 몇 번이나 반복해서 검사했지만 측정결과는 같았다. 루이스 박사는 다시 한 달 반 동안 여러 가지 실험과 이론을 연결시켜 추측해 보았다.

점토를 채취한 구비오 지층에는 붉은 점토를 사이에 두고 상하로 석회암층이 있었다. 즉 6500만 년의 층만이 그 이전과 이후의 지질과 다른 것이었다. 그리고 그 상하로 있는 석회암 층에서는 평상치의 이리듐밖에 함유되어 있지 않았다. 루이스 박사는 그런 사실을 파악한 뒤 6500만 년 전 작은 혹성이 지구와 충돌했다는 결론을 내렸다.

6500만 년 전이라면 중세대백아기(中世代白亞紀) 끝 무렵이다. 당시 지구는 공룡의 전성시대였다. 드라게라도프스, 안킬로사우루스, 코리도사우루스, 티라노사우루스, 고르고사우루스 같은 공룡들이 번성했을 때였다. 그런 공룡들의 눈에도 거대한 불덩어리가 하늘을 스쳐가는 것이 보였을 것이다.

그 혹성은 직경이 10km 정도였고 매초 30km의 속도로 지구를 향해 날아오는 것으로써 공기저항을 받지 않고 한순간에 지구와 충돌했다. 그 충격에 의해 불덩어리와 주변의 암석은 태양의 표면온도보다 수백 배나 뜨거운 섭씨 100만 도 이상으로 상승했다. 불덩어리와 주위의 암석은 한순간에 증발하여 1억 메가톤 이상의 에너지를 방출했다.

소혹성 충돌 상상도

그리고 직경 100km, 깊이 30km의 큰 분화구가 형성되었다. 1메가 톤이 100만 톤의 폭발력을 가지는 통상핵탄두 1억 발 분이기 때문에 1억 메가톤은 핵탄두에 1억×2억 발 분이 된다. 어쨌든 상상을 초월하는 막강한 위력이다.

그리하여 그 거대한 분화구에서 분출한 물질이 지구를 뒤덮고 그것이 몇 년 동안이나 태양 광선을 차단했다. 태양 광선이 미치지 않으면 기온은 내려간다. 식물도 광합성으로 산소를 만들 수 없어서 모두 시들어 갔다. 식물이 시들면서 초식동물이 살 수 없게 되었고, 공룡을 포함한 육식동물들도 거의 사멸되었다.

1만 2000년 전 지구에 어떤 일이 있었나

1908년 6월 30일. 시베리아 퉁구스 상공의 대기 속으로 직경 50m의 작은 천체가 돌입했다. 그러나 그것은 대기와의 마찰로 완전히 증발해 버렸고 지표에는 낙하하지 않았다. 하지만 공중에서 폭발할 때 큰 흔적을 남겼다. 1000km나 떨어진 먼 곳까지 큰 소리가 들렸고 폭발의 충격으로 사방 60km 산림의 나무들이 모두 쓰러졌고 사슴과 곰 같은 동물들이 많이 죽었다. 또 수백 킬로미터 떨어진 곳에서도 열차가 탈선하거나 유목민들의 천막이 강풍에 휘몰리기도 했다. 그보다 더 멀리 떨어진 유럽이나 서아시아에서도 밤하늘이 이상하게 밝았다고 한다. 그만큼 지구에 피해를 준 천체는 도대체 어떤 것이었을까.

지금까지 운석이 발견되지 않는 점, 분화구가 없는 점, 밤하늘이 유난히 밝았던 점 등으로 미뤄 볼 때 혜성충돌설이 유력하다. 조사결과 직경 50m의 운석이 공중에서 폭발했으리라는 결론이 내려졌다. 직경이 다만 50m밖에 되지 않는 운석도 그렇게 큰 영향을 미치는데 공룡들이 본 작은 혹성의 크기는 어떠했을까.

그런 의문을 풀어주는 것이 천체가 지표와 충돌했을 때 생기는 분화구이다. 공룡을 절멸시킨 소혹성은 그 직경이 약 10km 정도로 추측되고 있다. 그만큼 큰 것이 충돌했으면 지구의 어느 곳엔가 직경 100km 이상, 깊이 30km의 큰 분화구가 만들어졌을 것이다. 일본의 관동평야만큼 큰 분화구는 어디에 있는 것일까.

현재 세계에는 약 100개의 분화구가 확인되고 있다. 하지만 공룡이 절멸했다는 6500만 년 전에 만들어진 그 분화구는 이제 지상에 존재하지 않을지도 모른다. 6500만 년의 세월을 지나는 동안에 비바람에 의한 침식이 심해서 그 흔적도 찾아볼 수 없을 것이다.

그러나 몇 개의 가설이 있기도 하다. 이제까지 가장 유력시되고 있는 것이 대기권에 돌입했을 때 소혹성이 4개로 나눠져 제각기 큰 분화구를 만들어 냈다는 설이다.

4개의 파편 중에서 가장 큰 것이 멕시코의 유카탄 반도에 떨어지고 또 하나는 미국 아이오와 주에 있는 맨슨에 그리고 나머지 2개는 시베리아 북쪽 해안인 카라우소토카라에 낙하했다고 한다. 그 4개의 분화구는 약 6500만 년 전의 것으로 추정되고 있다. 더욱 놀라운 것은 그 4개가 일직선 위에 있다는 것이다. 평면지도에서는 직선이 되지 않지만 둥근 지구 위에서는 4개의 지점을 직선으로 연결할 수 있다. 유전을 찾다 발견한 유카탄 반도의 분화구는 그 4개 중 가장 큰 파편이 떨어져서 만들어진 것이라 한다. 절반은 육지에 있고 또 다른 반쪽은 캐러비안 해에 걸쳐 있다. 기상위성 랜드샛의 화상에서도 유카탄 반도 주변지역에 '싱크홀'이라는, 주변의 빗물을 빨아들이는 독특한 구조가 보여서 그것도 유력한 증거가 되고 있다. 연구가 진전되면 6500만 년 전의 소혹성 충돌지점이 명백해지는 날이 가까워질 것이다.

1955년 당시 러시아의 유명한 지질학자였던 오벌체프는 빙하기의 끝과 아틀란티스 대륙의 침몰시기가 일치하는 데 주목하여 이 역시 지각변동과 어떤 관계가 있지 않는가 하는 설을 발표했다.

최근에 지질학 연구는 1만 2000년~1만 1000년 전에 어떤 변화가 일어났다는 것을 인정하고 있다. 그런 변화의 원인은 자이드랠이 말했듯이 소혹성과 충돌한 것일 가능성이 높다. 지구의 육지에서 일어난 극적인 변화란 충돌의 충격에 의해 지구의 자장이 크게 흔들리고 그 결과 극지가 많이 이동해서 그 영향을 받은 온대가 한대로, 한대가 온대로 바뀌었을 것이다. 즉 아틀란티스 연구가들이 오랜 세월에 걸쳐 연구한 아틀란티스 대륙은 초고대에 바닷속으로 침몰해 버린 대륙이 아니라 그 때의 극적인 변화에 의해 온대에서 한대로 위치가 바뀐 대륙이 아닌가 암시하는 것이다.

이와 같이 현대의 지질학자들의 연구성과도 아틀란티스 대륙이 실재했다는 방향으로 나아가고 있다. 따라서 아틀

란티스 대륙은 현재의 온대에 있을 가능성은 적고 한대의
대륙일 가능성이 많다는 결론을 조심스럽게 내리고 있는
것이다.

북극과 남극도 한때는 온후한 기후권에 있었다

극지에서 발견된 것은 매머드뿐만이 아니다. 1933년 노
르웨이의 과학자들이 북극지역을 조사하면서 북극권의 경
계선으로부터 북으로 250km 떨어진 지점에서 북극곰의 뼈
를 발견했다. 곰의 뼈는 빙하기의 것으로 판명되었다. 주위
를 발굴해 감에 따라 늑대나 들쥐 같은 야생동물의 뼈가 발
견되었다. 화석이 된 개미도 있었고 꽃가루의 잔유물까지
발견되었다.

늑대가 생존하기 위해서는 대형동물의 뼈가 필요하다.
그 일대에서 늑대의 먹이가 될 대형동물이라면 도나카이
가 추측된다. 그런데 도나카이는 많은 양의 풀을 먹는 동물
이다. 그것이 의미하는 것은 태고에는 북극에도 풍부한 풀
이 자라고 있었다는 것이다. 꽃가루의 존재는 더욱 상상을

넓혔다. 태고의 북극에는 고운 꽃도 피어 있었던 것이다.

1982년 남극생물연구소의 R. 델 카수리 박사는 기원전 9600년경에 즉 아틀란티스가 최후의 꽃을 찬란하게 피우고 있을 무렵의 북극에 대해 다음과 같은 연구결과를 발표했다.

'그 시대의 북극에는 하이에나, 매머드, 서벨캣, 여우, 거대한 사슴, 사자, 족제비, 오오하나레이요 같은 것이 서식하고 있었다.'

그런 동물 분포는 현재 아프리카 사바나 지역의 모습과 같은 것이다. 동물천국인 아프리카의 사바나 지역을 상상해 보라. 그곳은 건기와 우기로 나눠져 계절에 따라 환경은 달라지지만 우기의 사바나는 땅 위로 녹색 융단을 깐 듯이 싱싱한 풀로 뒤덮히고 바오밥 같은 큰 나무들이 무성한 가지를 펼치고 있다. 가을에는 자카란다 꽃이 초원을 다채로운 빛깔로 물들이고 동물들이 좋아하는 열매도 풍부하게 익는다. 동물들은 그런 환경 속에서 여유롭게 살고 있었던 것이다.

실제로 이후의 조사에 의해 태고의 시베리아에 자라던 풀 중에 가장 많은 종류는 현재 아프리카 사바나에 있는 식물과 거의 같은 것임이 판명되었다. 카수리 박사의 발표는 북극에 한한 것이었지만 북극과 남극이 적도를 사이에 두고 비슷한 위치에 있었다. 따라서 남극 대륙 역시 초목이 푸르른 동물천국이었다고 생각할 수 있을 것이다.

반대로 현재의 온대지역이 한때는 추운 땅이었다는 증거도 나타나고 있다. 허드슨 만의 중앙에 있는 로겐타이드 빙산이 가장 두터웠을 때는 현재의 남극 빙산보다 두터웠다. 오늘날의 오대호에서 서부의 콜디레란 빙상, 로키산맥, 알래스카 남부, 캐나다의 브리티시 컬럼비아 주, 앨버타 주의 대부분, 워싱턴 주, 아이다호 주, 몬태나 주까지 모두 빙산에 파묻혀 있던 흔적이 남아 있다.

미국의 원주민인 아메리칸 인디언이 아시아에서 건너간 것은 잘 알려진 사실이다. 그것은 간빙기에 거대한 빙산이 녹으면서 베링해협이 홍수로 뒤덮히고 빙산 사이에 있는 회랑 부분이 노출되어 아시아에서 북미 대륙으로 가는 다리 역할을 했다는 것이다.

왜 회랑 부분이 빙산에서 노출되었을까. 떠오르는 해답은 하나밖에 없다. 그 시대 그 일대는 현재보다 훨씬 따뜻했기 때문이다. 햅굿 교수의 연구를 바탕으로 해서 초고대로부터 약 1만 2000년 전의 지구 상태를 추측해 보자.

다음의 분석은 세계에서 처음으로 '아틀란티스는 남극 대륙이었다' 라는 설을 공식으로 발표한 캐나다의 랜드와 로즈 플렘 부부가 쓴《아틀란티스는 남극대륙이었다》에서 인용한 것이다.

'기원전 9만 1600년경 이전의 북극권은 북미 대륙의 북서부가 그 중심이었고 알래스카 전도, 베링 해협, 시베리아의 절반에 걸쳐 있었다. 때문에 그 시기에 아시아와 북미 대륙을 연결하는 길은 차단되어 있었다. 남쪽에서는 아프리카로 뻗은 동남부의 일부가 얼음 밑에 있었다. 서남극의 대부분은 얼음에 덮혀 있지 않았다. 하지만 기원전 9만 1600년경부터 5만 600년경까지의 북극권은 유럽의 대부분과 그린란드 전도를 포함하며 아시아와 미 대륙도 연결되어 있었다. 시베리아 북동부, 베링 해협, 알래스카는 온대에 속해 있었고 남극은 뉴질랜드에 가까운 쪽이 얼음에 덮혀 있었다. 기원전 5만 600년경에서 9600년경(지금으로부터 1만 2000년 전, 즉 아틀란티스가 소멸한 시대에 해당된다)에는 북미 대륙의 거의 모두가 북극권에 속해 있었다'

하지만 그 이후에 어떤 원인에 의해(햅굿은 자기변동이

원인이었다고 말한다) 극지가 크게 무너져서 대대적인 극지변동이 일어났던 것이다. 그런 일은 1만 1600년 전에 일어났다고 추정된다.

'그런 지각이동에 의해 현재의 북극권·남극권이 형성되어 시베리아, 알래스카, 노르웨이의 북부는 인류가 정착할 수 없는 땅이 된 것이다.'

한때 아틀란티스가 있었다고 생각되는 서남극 지역도 극한의 기후 속에 갇혀 버렸고 아틀란티스인들이 이룩했던 찬란한 문명도 모두 냉동되었던 것이다.

최적의 조건을 갖춘 남극 대륙

극지가 한때 온대였다는 것을 알려주는 예로 그린란드의 존재를 들 수 있다. 현재 그린란드의 일부는 완전히 북극권에 들어 있지만 한때는 온대에 속했었고, 푸른 초목에 덮힌 생명력이 넘쳐흐르던 대지였을 가능성이 높다.

햅굿은 그런 가설을 토대로 해서 고지도를 찾아 헤맨 끝에 드디어 그린란드에 얼음이 없던 시절의 지도를 찾아냈다. 그 지도는 1380년에 제작된 〈제노지도〉였다. 그 지도에 그려진 그린란드에는 빙산이 없었다. 산맥과 하천까지 상세하고 구체적으로 그려져 있고 중앙부는 평원으로 그려져 있었다.

빙산에 파묻혀 있지 않은 그린란드를 그린 지도는 또 있었다. 예일 대학에 소장되어 있는 〈스칸디나비아 1440년 지도〉는 특별히 반도 앞쪽의 갈라진 부분 등을 잘 묘사했고 지형을 정확하게 그려놓았다. 더욱 놀라운 점은 첨단기술의 정수인 자원탐사 위성 시샛의 해면측정 결과의 컴퓨터 화상과 거의 일치하는 것이다. 특히 지도의 왼쪽 상단에는 1440년 당시 발견되지 않은 섬까지 그려져 있었다.

더욱 흥미로운 사실은 지도의 남쪽에 위치한 영국의 여러 섬이 수중에 그려져 있는 것이었다. 그 지도가 그려진 시대에 영국은 이미 현재의 모습을 갖추었다. 그래서 이 지도도 초고대의 지도를 모사한 것으로 추정된다. 원본이 된 고지도의 시대에 영국은 물 속에 매몰되어 있었고, 그린란드는 푸른 초목이 무성한 아열대에서 온대에 걸쳐 있었다고 해석할 수밖에 없다. 그린란드가 육지였다면 남극 대륙의 일부도 온대에 속하고 인간의 거주가 가능한 육지였다고 생각해도 결코 비약이 아닐 것이다.

남극 대륙을 덮은 빙산의 두께는 장소에 따라 차이가 있는 것으로 확인되었다. 햅굿은 그의 저서 《고대 해왕의 지도》에서 다음과 같이 말했다.

'극지권에서 빙산은 반드시 극지 주위를 두껍게 둘러싸고 있는 것은 아니다. 그것은 지구가 회전을 하므로 불균형을 이루고 있기 때문이다. 동결된 빙산의 중량은 엄청나기 때문에 지구의 회전에 따라 원심력이 작용하면 더욱더 큰 힘이 축적된다. 그리하여 어느 시점에 도달하면 빙산 밑에 있는 지각까지 포함해서 크게 이동한다. 그런 현상이 지각 이동의 원인이 되기도 한다.'

지도의 역사를 통해 남극 대륙의 역사를 살펴보면 남극 대륙은 점차적으로 빙산에 쌓여간 것을 확실히 알 수 있다. 처음부터 눈과 빙산만이 존재한 대륙이라고는 생각할 수 없다. 1935년 바드 남극탐험대는 남극 대륙에서 몇 개의 화석을 발견했는데 그 대부분이 현재 아프리카, 남미, 오스트레일리아 등의 온대에 있는 양치류와 같은 것이었다. 또 남극 대륙을 횡단하는 산맥에서는 낙엽수의 화석이 발견되었는데 낙엽수는 온대지역의 나무들인 것이다. 남극 대륙

은 확실히 빙산에 묻혀 있지 않았던 시기가 있었을 뿐만 아
니라 그 시절 남극 대륙은 온대에 속해 있었던 것 같다. 그
렇다면 인류가 살기에 가장 쾌적한 조건을 갖추고 있었을
것이다.

조금씩 계속 이동하는 남자극

남극은 인류에게 잘 알려지지 않았던 대륙으로 그 전모
가 밝혀진 것은 20세기 중반을 넘어서였다.

남극점, 즉 지구의 최남단을 중심으로 원형의 남극 대륙
이 펼쳐지고 그 대륙을 둘러싸듯 몇 개의 작은 섬이 있다.
대륙의 크기는 하와이와 알래스카를 제외한 미국 전도와
거의 같은 크기로 지구상에서는 상당히 큰 땅이다. 그 대륙
은 남극 횡단산맥에 의해 크게 두 쪽으로 나눠져 있다. 지
질학의 연구결과 동반구에 속하는 대륙이 서남극 대륙 보
다 오래 된 것으로 밝혀졌다. 또 태평양 쪽에서는 로스
(Ross) 해, 대서양 쪽에서는 웨들(Weddell) 해가 안쪽으로
깊숙이 들어가 있다. 현재 남극 대륙은 99%가 빙산으로 둘

러싸여 있으며 빙산의 부피는 최고 4000m이며 평균적으로 2300m이다. 지역에 따라 2배 이상의 차이가 난다. 그런 남극이 어느 나라의 영토가 될지 호기심을 갖는 사람도 있을 것이다.

남극 대륙은 견디기 어려운 기후 때문에 인간이 정착할 수 없어 오랫동안 어느 나라의 지배도 받지 않았다. 실제로 어느 나라도 남극을 영토로서 가치있다고 생각하지 않았는지 다른 대륙이나 섬들처럼 격심한 영토 쟁탈 싸움은 없었다.

그러나 최근 과학기술의 진보에 의해 대량의 광물자원이 있는 것이 알려지자 남극 대륙이 자기들의 영토라고 주장하는 나라들이 생겨났다. 1908년 영국이 제일 먼저 남극 대륙의 일부가 자기들의 영토임을 주장했다. 그것을 계기로 뉴질랜드, 오스트리아, 프랑스, 노르웨이, 칠레, 아르헨티나의 일곱 나라가 영토권을 주장했다. 남극점을 정점으로 하고 자오선을 기축으로 하여 영토를 분배하자는 의견이 높아졌었다. 그러나 1957~1958년 국제지구관측년을 계기로 국제적인 남극관측이 행해지면서 남극조약이 체결되었다.

'남극 대륙은 국제적 협력을 원칙으로 하며 과학적 조사를 진행하는 장소로서 어느 나라도 영토의 소유권을 주장할 수 없다' 는 것으로 합의가 성립되었다.

지구가 지축에 대해 수직으로 있지 않고 약간 기울어져 있는 것은 초등학생도 알고 있는 사실이다. 이런 지축의 기울기 때문에 지구의 남자극은 남극점보다 아래에 있다. 현재의 자극은 남위 65.30도, 동경 139도 부근에 있다. 그 지점에 서면 자석침의 남극은 바로 밑을 가리킨다. 당연히 북자극은 그곳에서 바로 위쪽에 존재하는 것이다. 그러나 그 남자극이 조금씩 이동하는 것이 알려졌다. 1909년 남극을 썰매로 탐험한 영국의 샤클톤(Shackleton) 탐험대가 남자극에 도달했을 때 남자극은 남위 72.25도, 동경 155.16도였다. 그러나 남자극은 조금씩 북서를 향해 이동하고 있고 1912년에는 동쪽으로 3도 내려가 있었다. 1945년에는 2도 정도 더 이동했고 그 후에도 서서히 이동을 계속하고 있는 것이다.

빙산 밑에 파묻힌 아틀란티스 문명

남극에도 빙산에 뒤덮히지 않은 곳이 있다. 대륙 전체에서 보면 1%에 지나지 않지만 그 부분은 약 33만 평방미터에 이른다.

오랜 남극 관측 결과 이상한 점이 발견되었다. 그것은 남극 대륙에도 사막이 있을 것이라는 추측이다. 남미 대륙에 가까운 서남극에는 대량의 눈이 내리는 것으로 알려져 있지만 어찌된 일인지 그 부분의 빙산은 얇다. 반대로 동남극은 적설량이 적고 눈이 오는 양으로 보아 남극의 사막 같은 상태지만 그 일대의 빙산은 서남극에 비하면 이상하리만큼 두터웠다.

그와 같은 현상은 그린란드에서도 볼 수 있다. 그곳에서도 빙산의 두께에 불균형이 보인다. 각각의 빙산 두께는 현재의 기상조건과 일치하지 않는다. 대륙 탄생 이후의 시간 거리와도 관계가 없는 것 같다. 지질학적으로 오래된 지역의 빙산이 두텁고 그렇지 않는 지역의 빙산은 얇다는 상관관계도 보이지 않는다. 그렇다면 그런 현상을 설명할 수 있는 것은 지각변동밖에 없다. 지각변동에 의해 본래 극지에 없었던 지역이 극지권에 새로 포함되었고 빙산의 두께 차이는 그 사실을 말하고 있는 것이다. 남극과 그린란드 양쪽에서 그런 현상이 보이는 것은 어느 시기에 지각이 남북방향으로 회전하면서 남과 북에 같은 현상을 일으킨 것을 증명한다.

결론적으로 남극 대륙은 원래 거대한 대륙으로서 그 전체가 온대뿐만 아니라 일부는 극지에 걸쳐 있었다. 그 중에 남단은 온대에서 아열대까지 이어져서 인간이 쾌적하게 살 수 있는 모든 조건을 구비하고 있었다. 아틀란티스는 그 땅 위에 빛나는 인류 초기 문명의 꽃을 피웠던 것이다.

하지만 지각변동에 의하여 거대한 대륙은 남쪽으로 크게 기울어져 지금은 대륙 전체가 극지권에 둘러싸이게 되었다. 한때 번영을 자랑하던 아틀란티스 문명은 영원히 동결되고 말았다. 현재 남극의 빙산은 1km 이상의 두께이므로 아틀란티스 문명을 발굴하는 것은 불가능하다. 언젠가 어떤 원인에 의해 남극 대륙의 빙산이 녹으면 아틀란티스 문명은 다시 이 세상에 그 모습을 드러낼지도 모른다. 햅굿 교수가 꿈꾸던 것도 바로 그런 순간이 아니었을까.

IV

아틀란티스의 진실

되살아나는

콜럼버스 대항해의 진짜 목적

아틀란티스에 관한 이야기들은 만들어낸 것인가 아니면 진실인가. 이 논쟁에 종지부를 찍는 것은 이론보다 증거일 것이다. '바로 여기가 아틀란티스 대륙'이라고 단정할 수 있는 실재 장소가 발견되면 더 이상의 논쟁은 없을 것이다. 그런 생각은 아틀란티스 연구가들이 고대부터 품어왔던 한결같은 소원이었다. 최초의 아틀란티스 연구가였던 플라톤은 솔론의 입을 빌어 아틀란티스 대륙의 위치를 대략적으로 말하고 있다.

플라톤이 언급한 이집트 신관들의 이야기를 분석하면 아틀란티스의 예상지는 다음 조건에 부합하는 곳이다.

> *1. 기원전 9660년경 지상에 존재하였다.*
> *2. 헤라클레스의 기둥 밖(당시 알려졌던 세계 밖)에 있었다.*
> *3. 애틀랜틱 해(대서양) 밖에 있었다.*

4. 큰 바다에 떠 있었다.

5. 지중해보다 훨씬 큰 진짜 바다였다.

6. 다른 대륙들은 아틀란티스 대륙을 둘러싸듯 존재했다.

7. 주위에는 다른 섬도 있었다.

8. 풍부한 광물자원이 매장되어 있다.

9. 높은 산이 있다.

10. 리비아보다 크다.

그 후 연구가들은 세계지도에서 그 비슷한 해역을 열심히 탐색했다. 그런데 왜 '유럽의 서쪽을 향해 항해해 가면 아틀란티스에 도착한다'고 생각했던 것일까.

그것은 솔론이 말했던 '헤라클레스의 기둥을 향해 있었고 애틀랜틱 해(海) 밖에 있었다'는 표현이 암시가 되었을 것이다. 콜럼버스가 최초의 항해에서 발견한 것은 아메리카 대륙이 아니었다. 바하마 제도의 하나인 왓트링거 섬이었지만 인도에 도착했다고 생각한 콜럼버스는 큰 성공을 기뻐했다. 그러나 그 소식을 들은 유럽에서는 이번에야말로 아틀란티스 대륙이 발견되었다고 흥분했다.

훗날 연구자들에 의하면 콜럼버스는 공식문서에 왓트링

거 섬의 발견을 '이사벨 여왕과 공약했던 인도를 발견했다' 고 썼지만 친한 친구들에게는 '아틀란티스 대륙을 발견하여 마음이 들떠 있다' 는 편지를 보냈다고 한다.

콜럼버스의 마음에도 아틀란티스 대륙의 발견자가 되고 싶은 강한 소망이 있었던 것이다. 대항해 시대의 외양 탐사에 의해 바다 건너편에 몇 개의 대륙이 있다는 것을 알게 된 사람들은 그리스도 교회를 두려워하지 않고 스스럼없이 아틀란티스 대륙에 관한 것을 화제로 삼았다. 그리하여 아틀란티스 이야기는 플라톤이 창작한 것이라는 부정적인 시각에서 긍정적으로 바뀌기 시작했다. 그리고 아틀란티스의 존재는 '아틀란티스 대륙은 어디에 있는가' 하는 것으로 관심이 집중되었다.

스페인 출생인 로페즈 데 고마라(Lopez de Gomara)는 '미국이야말로 플라톤이 써놓은 아틀란티스임에 틀림없다' 는 설을 주장했다. 고마라는 플라톤의 이야기가 세부적인 것까지 놀랄 만큼 묘사되어 있다고 강조했다. 그 결과 플라톤의 아틀란티스 이야기는 역사적인 사실로 간주되기도 했다.

프랑스의 저명한 철학자 프란시스 베이컨은 아틀란티스

콜럼버스 (Christopher Columbus, 1451?~1506)

이탈리아 태생으로 포르투갈에 이주한 후, 스페인왕 이사벨 I 세의 후원을 받아 아메리카 대륙과 서인도 제도 등을 발견했다.

는 브라질이라고 주장했다. 이 외에도 지구상의 여러 곳이 아틀란티스의 후보지로 알려지기도 했다. 스웨덴이야말로 아틀란티스라는 설, 중남미에 아틀란티스의 자손이 있다는 설, 남극 대륙이 아틀란티스였다는 설 등 연구가들은 제각기 학설을 전개시켰는데, 흥미롭게도 모든 주장들이 설득력이 있었다.

1427년 포르투갈 먼바다에서 아조레스 제도가 발견되었을 때 유럽의 여러 나라들은 아틀란티스가 발견되었다고 떠들썩했다. 아조레스 제도는 대서양 한가운데 있는 작은 섬이지만 대서양 해령(바다 밑의 산맥) 중에서도 가장 얕은 위치에 있다. 또 해대(대지)에 올려져 있는 점, 섬의 중앙을 화산 산맥이 관통하고 있는 점 등 모든 것이 아틀란티스의 조건에 들어맞는 것 같았다. 그러나 그 섬들을 탐색해 본 결과 아틀란티스 대륙으로 생각하기엔 너무나 작았다. 또 그 어떠한 문명의 흔적도 발견되지 않았다.

콜럼버스 대항해의 목적이 아틀란티스 대륙을 발견하는 데 있었다는 것은 이미 말한 바 있다. 콜럼버스는 아조레스 제도를 지나 큰 바다로 나가면 틀림없이 환상의 아틀란티스 대륙을 발견할 수 있으며, 그 동안의 논쟁에 종지부를

찍은 사람으로 역사에 영원히 기억될 수 있다고 생각했는
지도 모른다.

1989년에 아조레스 제도 먼바다에서 거대한 석조건물의
유적이 발견되었다는 뉴스가 전해지면서 아틀란티스 연구
가들의 호기심을 일으켰다. 드디어 콜럼버스의 꿈이 500년
후에 실현되는 것으로 생각했다.

아틀란티스 유적(?)의 발견 소식은 포르투갈 구조선 선장
레이어스 미네가에 의해 전해졌다. 추락한 미국 군용기에
실려 있던 침몰 화물을 찾던 중에 심해의 밑바닥에 인공 건
조물로 보이는 석조의 신전이나 궁전 같은 건조물을 발견한
것이다. 그러나 그 후 몇 번이나 조사했지만 석조 건물의 자
취는 발견되지 않았다. 선장의 착각이었거나 과거에 침몰
했던 거대한 배의 일부가 아니었는가 하는 것이 현재의 결
론이다. 일반적으로 바다 밑으로 가라앉은 물체에는 해초
가 얽히거나 많은 수중 생물이 그 속에서 살게 되어 난파선
의 일부인지 석조인지 구별할 수 없는 모양으로 변하는 것
이다. 전문가인 미네가 선장이 뭔가 잘못 봤던 것이었을까.
하지만 아조레스 제도에 대해서는 또 다른 가설이 있다.

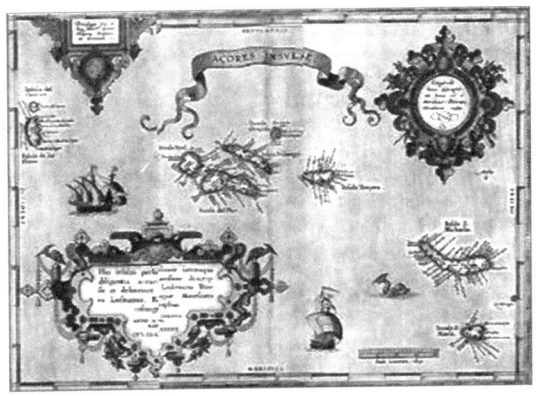

아조레스 고지도

일부 연구자들에 의해 아틀란티스 대륙으로 생각되어지는 아조레스 제도는 1427년
포르투갈 항해자들에 의해 처음으로 발견되었다.

1만 2000년 전 공포의 대공황

오토 무크라는 기술자가 하나의 가설을 세웠다. 그에 의하면 지구에 소혹성이 충돌하여 그 큰 충격에 의해 지구회전에 변화가 생겼고, 주축이 기울어져서 기후 대이변이 일어났다는 것이다. 지구의 기후는 약 1만 2000년 전에 변화했다고 물리학자들은 말한다. 1만 2000년 전이라면 아틀란티스 대륙이 침몰했다는 가정 연대와 일치한다.

플라톤은 아틀란티스의 최후를 이렇게 전하고 있다.

'그러나 뒤에 큰 규모의 지진과 홍수가 일어났을 때 단 한 번의 불행한 낮과 단 한 번의 불행한 밤 사이에 아틀란티스 섬은 침몰하였다…. 섬이 침몰하면서 생긴 진흙덩이가 높이 치솟아 배는 항해할 수 없었다….'

이 글을 읽은 사람들은 '아틀란티스가 어떤 계기로 파멸되고 침몰했는가'에 대한 여러 가지 가설을 내세우며 그 원인 규명에 힘썼다. 대지진, 화산분화, 해일 같은 여러 가지 설이 있었지만 그것만으로 대륙같이 큰 섬이 간단하게 바닷속으로 침몰한다는 것은 있을 수 없는 일이다. 그렇다면 이것은 인간의 생각이 미칠 수 없는 큰 재해였을 것이다. 만약 지구에서 일어난 급격한 변화에 의한 것이라면 우주 규모의 공황에 의한 것이라는 생각이 옳을 것이다.

우주 규모의 공황 원인으로 가장 유력한 것은 무크가 주장하는 소혹성 충돌설이다. 무크는 V1호, V2호 로켓을 개발한 연구팀의 일원이었다. 연구과정에서 지구물리학과 역사를 배우면서 아틀란티스의 수수께끼에 대해 흥미를 갖게 되었다. 그는 수학자로서의 능력과 현대과학에 관한 지식을 근거로 하여 그 수수께끼 풀이에 도전했고 플라톤의 말은 모든 점에서 사실이라고 주장했다. 그리고 그 증거를 검증하면서 소혹성 충돌설을 주장하게 된 것이다.

그렇다면 1만 2000년 전 소혹성은 어떤 상태로 지구와 충돌하게 되었을까. 그 궁금증을 해결하기 전에 먼저 지구를 둘러싸고 있는 소혹성에 대해 설명해야겠다.

화성과 목성 사이에는 큰 틈이 있다. 요하네스 캐프라는 '그 틈 사이에 중간 혹성이 있을 것이다'라고 생각했다. 그 혹성은 1801년 1월에 피앗치에 의해 처음 발견되었다. 그는 혹성 같은 8등성 정도의 빛이 숫소좌 속에 있는 것을 발견했다. 그 별은 너무나 작았으므로 소혹성이라 불리고 '캐래스'라고 이름붙여졌다. 피앗치의 발견은 천문학자들로 하여금 미지의 소혹성 발견에 열중하게 했다. 그리하여 1802년에 올팰이 파라스를 발견하고, 1804년에 하딩거가 쥬노를 발견했다. 1807년에 올팰이 다시 패스타를 발견했는데 패스타는 직경이 834km나 되는 최대 규모의 것이었다.

그 후 관측기가 점점 발전됨에 따라 많은 수의 소혹성이 매년 발견되고 있다. 1905년에는 500개 이상, 1950년에는 2000개 이상이 발견되었다. 그러한 소혹성의 대부분이 화성과 목성 사이의 우주 공간에 있는 소혹성 코스를 따라 움직이고 있지만 그 중에는 예상하지 못했던 궤도를 그리는 별들도 있다.

예를 들면 도로야라는 이름을 가진 그룹이 있다. 3개의 작은 혹성으로 이뤄진 별무리지만 같은 궤도를 일정한 거리로 움직이기 때문에 제각기 정삼각형의 중점을 만들고 있다. 그와 비슷한 그룹이지만 극단적으로 길게 늘어진 타원 궤도를 그리는 것도 있다. 그 원일점(遠日点 – 태양과 가장 멀리 떨어진 위치)은 목성, 토성 궤도보다 멀리 있고 그 근일점(近日点)은 화성이나 지구의 궤도보다 태양에 더 가까워져서 금성의 궤도에도 닿는다. 주기적으로 나타나는 혜성이나 유성 무리에서만 볼 수 있는 극단적인 궤도이다.

자주 발견되는 소혹성 중의 하나인 아도니스도 극단적인 궤도로 움직이고 있었다. 1936년 2월, 지구로부터 30만 km 떨어진 곳까지 다가온 그 별은 자칫하면 지구와 충돌할 뻔했다.

그런데 그와 같은 상태가 1만 2000년 전에도 일어났던 것이다. 그 때 대서양에 직경 약 10km의 소혹성이 돌입했는데 그 별도 이상한 소혹성 그룹에 속해 있었던 것 같다. 그 소혹성A는 1936년에 다가온 아도니스보다 더 가까이 지구에 접근했다. 또 지구 중력의 영향으로 소혹성은 더욱더 지구로 끌어당겨졌다. 적어도 초속 15km~20km, 약 30도의 기울기로 지구를 둘러싸고 있는 수소 속으로 돌입했을 것이다. 약 400km의 고도에 진입한 소혹성A는 수소 속에서 붉은 빛을 발했다. 소혹성A는 뜨거워질수록 눈부신 빛을 발했고 그 빛은 백색이 되었다.

그 소혹성에 따르던 가스의 꼬리도 점점 거대하게 되었다. 어떤 혜성의 꼬리보다 컸고 태양보다도 강한 빛이었다. 그 머리 부분의 표면온도는 섭씨 2만 도를 넘어 태양의 20배에서 100배의 빛으로 밝게 빛났다. 이윽고 질소권에 진입하고 최후로 두터운 대기층을 지났을 때 소혹성A는 폭발했다. 소혹성의 표피에 해당되는 암석이 탄환처럼 북미의 남동부로 쏟아졌다. 그리고 지면에 가장 가까운 곳에서 드디어 중핵부가 큰 굉음을 내며 폭발했다. 1조 톤 정도의 거대한 두 덩어리가 바닷속으로 떨어져 산같이 높은 물기둥이 일었다. 그 직후 상상할 수도 없는 높은 파도가 모든 방향으로 용솟음치듯 퍼져갔다.

'대이변'을 극명하게 보여 주는 마야 고사본

상상을 초월하는 그 대이변은 사람들의 기억과 서적 속에 확실히 기록되어 있다. 마야의 고사본 '포포루우'에는 두려운 신 후라칸이 지상에 홍수를 보냈고 그 때 하늘에서 거대한 불꽃이 보였다고 전한다. 그 전설은 앞에서도 언급한 과학적 복원과 일치한다.

같은 예로서 가이아나(Gaiana, 남미 북동부의 공화국)의 아라와크(Arawak, 남아메리카의 원주민) 족의 전설도 거대한 신령이 그들에게 먼저 화재로 벌을 주고 다음에는 무서운 대홍수로 벌한 것을 회상하는 내용으로서, 이것 역시 소혹성의 낙하와 홍수가 있었음을 입증하는 것이다. 그런 기록 중 가장 박진감 있고 명확하게 쓰인 것은 인디오의 기서(奇書) '치람·파람' 제 5장에 기록되어 있는 문장으로 다음과 같다.

'···그 일은 지구가 잠에서 깨어났을 때 일어났다. 누구도 무엇이 다가오는지 알지 못했다. 불의 비가 내리고 재가 떨어지고 나무들은 땅으로 넘어졌다. 불의 비는 나무도, 바위도 찢고 갈라놓았다. 거대한 뱀이 하늘에서 나타났다. ···그리고 뱀의 껍질과 뼈조각이 땅 위로 떨어졌다. 그후 무서운 해수의 높은 파도가 덮쳐왔다. 거대한 뱀과 함께 하늘도 떨어져 내리고 건조한 땅도 침몰했다···.'

'거대한 뱀이 하늘에서 나타났다' 는 것은 소혹성을 표현하는 것으로 소혹성의 머리 부분에서 분출하는 가스 형태의 물질이 태양보다 밝은 빛을 내므로 궤도를 그릴 때는 뱀같이 보였을 것이다. 마치 거대한 우주뱀이 지구를 파멸시키기 위해 떨어지는 것 같았을 것이다. '그 뒤로 뱀의 껍질과 뼈조각이 지상으로 쏟아져 내렸다' 는 표현도 소혹성이 폭발하여 떨어지는 모습을 묘사한 것으로 보여진다.

지상으로 떨어진 대운석에 대한 기록 중에는 러시아의 타이가 지방에 떨어진 타이가 운석에 대한 것이 있다. 이 운석에 대해서는 다시 한번 언급하고자 한다. 이로써 지상에서 일어났던 이변에 대해 보다 잘 알게 될 것이다.

그 운석은 1908년 6월 30일 시베리아 북위 61도 쭌그스카 강 부근에 떨어진 것이다.

'바이칼 호반의 이르쿠츠크에서 서쪽으로 약 900km 지점, 시베리아 횡단철도의 키렌스크(Kirensk) 역 근처로 급행열차가 달려가고 있었다. 그때 북쪽에서 이상한 대폭발음이 들렸고 차체가 심하게 흔들렸다. 놀란 기관사가 앞쪽을 바라보니 철로의 쇠가 떠올라 물결을 이루고 있었다. 놀라서 급브레이크를 걸어 전복 직전에 열차를 정지시켰다. 1908년 6월 30일 오전 7시를 조금 지난, 짧은 여름의 아침을 맞은 시베리아 오지의 타이가 지대 여러 곳에 대폭발음이 울려 퍼졌다.

대폭발과 동시에 거대한 불기둥이 맑게 개었던 시베리아 상공을 순식간에 덮어 버렸다. 상당히 떨어진 곳에 살고 있던 주민들도 그 섬광에 순간적으로 눈이 어두워졌고 뇌성 같은 울림이 대기를 흔들며 굉음이 계속되었다. 그 소리는 귀가 떨어져 나갈 것 같이 컸으며 폭발 지점 근처의 목장에서 일하던 사람 중에는 고막이 찢어진 사람도 있었다. 심한 충격 때문에 말을 할 수 없는 사람까지 생겼다. 그 굉음은 800km 이상 떨어진 곳까지 울려 퍼졌다. 물론 이르쿠츠크까지도 들렸을 것이다.

폭발의 중심에서 남서로 약 600km 지점인 키렌스크 역에 급행열차가 겨우 도착했을 때 그 도시는 허리케인 같은 강풍이 지나가면서 창과 문, 램프를 엄청나게 흔들었다. 그리고 몇 분 안에 제2파, 제3파의 강풍이 엄습했고 근처 강에서 배를 타고 있던 사람들이 강물 속으로 떠밀렸다. 더 남쪽으로 간 곳에서는 말까지 바람에 날아갔다.

…중략…

이윽고 검은 구름이 뭉게뭉게 일면서 높이 20km 이상으로 뻗었다. 공기는 급격히 냉각했고 대폭발로 치솟아 오른 흙과 모래가 섞여 불길한 검은 비가 내리기 시작했다. 그 상황에서 큰 포성과 같은 우렛소리가 끊어졌다 이어지며 울려 퍼졌다.

타이가 지대의 주민들은 이 세상의 끝이 왔다는 두려움에 몸을 떨었다. 폭발 지점에서 멀리 떨어진 마을에서는 3

년 전에 끝난 러일전쟁이 다시 시작됐다는 소문이 퍼졌을
정도였다.' -《역사독본》

다행히도 대운석은 큰 재해를 불러오지 않았다. 당시 러
시아의 수도 성 페테르부르크는 낙하 지점에서 500km나
떨어져 있었기 때문이다. 그러나 만약 운석이 수도 가까이
에 떨어졌다면… 무서운 결과가 일어났을 것이다. 구소련
의 학자인 그리거는 과학적 계산을 통해 운석의 낙하 지점
이 달라졌을 가능성이 있었다는 것을 알아냈다. 만약 그 운
석이 4시간 늦게 떨어졌다면 성 페테르부르크가 파괴되었
을지도 모른다.

수소폭탄 3만 개 분이 대서양에 낙하했다

폴란드의 유명한 천문학자 카도무스키는 '운석 같은 낙
하물은 어느 정도의 피해를 일으키는가'에 대해 연구했다.
그리고 '운석이 떨어져서 생긴 파괴 면적은 운석의 반지름
에 비례한다'고 연구결과를 발표했다.

하지만 소혹성A는 시베리아에 낙하한 타이가 운석과 비

교할 수 없을 만큼 질량이 컸고 또 빠른 속도로 낙하했다. 낙하 지점에서의 에너지 밀도는 타이가 운석보다 5억 배나 강력한 것으로 생각된다. 그리고 소혹성A는 지각 중에서도 그 층이 가장 얇은 단층선(斷層線-단층면과 지표면의 교차선)에 낙하했다. 단층선은 지구에서도 불안정한 지역으로 지각부분 중 다른 장소보다 약하고 얇은 곳으로 마그마가 흐르는 층도 지표에서 겨우 15km에서 20km 아래에 있다.

따라서 소혹성A가 약한 지각을 관통하는 순간 그 부분은 거대한 화산의 분화구같이 마그마가 쏟아졌다. 분화구는 작열하는 땅 속까지 뻗고 엄청난 굉음과 함께 수소폭탄 3만 개 분의 힘으로 폭발했다.

우리들이 생활하고 있는 대지는 얇은 철판과 같다고 할 수 있다. 지구는 철판으로 된 공업용 고압실과 비슷하다. 철판은 약한 리벳으로 연결되어 있고, 그 결합점은 지각이 갈라져 있는 지대라고 할 수 있다. 앞에서 말한 타이가 운석의 낙하는 철판의 중앙부를 망치로 가볍게 두드리는 것으로 생각하면 될 것이다. 철판은 큰소리를 내기는 하지만 깨지지는 않는다. 그러나 소혹성A의 경우는 철판과 철판을 결합하고 있는 리벳 열(列)의 바로 옆을 전차가 지나가며 포탄을 쏘는 격이었다. 즉 가장 약한 부분에 큰 충격을 준 것이다. 피해를 입은 리벳이 파손되어 압력을 견딜 수 없었던 고압실이 큰 폭발을 일으킨 것이다.

그런 형상과 같이 소혹성A가 최초의 결정적인 구멍을 애틀랜틱 해령(돌핀 해령)에 뚫었을 때 지구에 폭발이 일어났다. 새로 생긴 2개의 분화구에서 맹렬한 속도로 작열하는 마그마가 분출하여 대서양의 바닷물과 혼합했다. 그에 따라 모든 해저 화산들이 활동을 시작했고 다시 새로운 심연의 구멍이 열리고 여기저기서 대폭발이 일어났다. 모든 것이 믿어지지 않을 만큼 빠른 속도로 일어났을 것이다. 소혹성의 충돌로 일어난 해일이 대륙 연안에 도달하기 전에 지구 내부의 문이 열려 뜨거운 마그마가 불의 바다를 이뤘을 것이다.

바다가 갈라져 마그마가 분출하는 대폭발

그러한 대폭발이 얼마 동안 계속되었는가 대략 계산해

보자.

만약 중형(中型)의 지진과 같은 속도로 폭발이 계속됐다면 지각이 이어진 선을 따라 초속 15m의 속도로 진행됐다고 생각할 수 있다. 대서양의 지각 연결선은 소혹성의 돌입 장소에서 북으로 약 3000km까지 뻗어 있다. 따라서 초속 15m의 속도로 진행되었다면 푸에르토리코에서 아이슬란드까지 3일이 소요되는 거리이다. 그렇다면 폭발은 24시간 이내에 아틀란티스 섬의 남쪽에 도착했을 것이다.

지각 연결선은 아틀란티스 섬의 동서 양측을 거의 평행으로 지나고 있었다. 그 두 연결선은 각각 1200km였으므로 하루 낮과 하루 밤 사이에 폭발은 그곳에 닿을 수 있는 거리이다. 아틀란티스 근처의 해저가 갈라져 그 밑에 있는 지각도 갈라지고 여러 곳에서 들끓는 마그마가 분출하여 대서양의 물과 혼합되었다. 그렇게 생긴 고열의 수증기는 엄청난 크기의 버섯구름 모양으로 상승하여 성층권까지 뻗었다. 뿐만 아니라 전리층까지 뻗은 수증기는 은색의 구름으로 변했다. 또 방대한 양의 마그마, 새, 화산 파편, 경석이 지구의 대기층 제일 위까지 올라갔다. 그리하여 증기와 재의 구름이 아틀란티스 상공을 뒤덮었다.

지각의 연결점이 찢어지는 것과 동시에 방대한 양의 마그마가 분출하고 나면 그 때까지 마그마가 들어 있던 층에 공동(空洞)이 생겨 대규모의 침하가 일어난다. 그런 침하에 의해 대서양 중앙에는 마그마 구덩이가 생겼다. 특히 아틀란티스 섬 주변은 동서 양측으로 연결선이 지나는 것을 생각하면 섬을 완전히 둘러싼 제일 큰 마그마 구덩이가 생긴 것이다. 마그마의 유출로 형성된 구덩이의 깊이는 3km ~4km나 되었을 것이다. 따라서 아틀란티스 섬은 매초 4.5cm의 속도로 침하되었고 섬에 살던 모든 생명은 섬이 침몰하기 전에 질소성 가스나 해일로 인해 이미 모두 사멸한 것이다.

대서양의 큰 파도가 화려한 건물들이 있었던 거대한 섬 위를 덮쳐 다음날 아틀란티스는 해저 3km 되는 곳으로 침몰했다. 현재 아틀란티스는 대서양의 해면 위에 다만 작은 용암섬으로 지난날의 흔적을 남기고 있다. 애틀랜틱 해령 (돌핀 해령)의 연장으로 남아 있는 그 작은 섬이 아조레스 제도인 것이다….

오토 무크의 가설은 이렇게 전개된 것이다.

하룻밤 사이에 침몰한 아틀란티스

플라톤이 남긴 아틀란티스 최후의 묘사는 옳았던 것 같다. 다시 한번 그 부분을 인용해 보자.

'그러나 뒤에 대규모의 지진과 홍수가 일어났을 때, 단 한 번의 불행한 낮과 단 한 번의 불행한 밤 사이에 많은 전투적 민족 전원이 대지 밑에 깔려 죽음을 당했다. 그들과 함께 아틀란티스 대륙도 바다 밑으로 침몰하여 사라졌다.' ―《티마이오스》

그 중에서도 특히 '단 한 번의 불행한 낮과 단 한 번의 불행한 밤 사이' 라는 표현으로 파국의 시간적 경과에 대해 쓰여진 것은 웃음거리가 되었지만 알고 보면 그 표현은 정확한 것이었다.

아틀란티스 대륙의 동쪽과 서쪽을 둘러싸듯 달리고 있던 두 연결선은 남쪽과 북동쪽의 두 곳에서 각각 교차하고 있었다. 남쪽의 교차점에 폭발이 도달한 순간 섬은 급속히 침몰했다.

그러나 연쇄반응은 섬의 북쪽 제 2교차점까지 도달하지는 않았다. 확실히 북쪽(아이슬란드나 얀마이앤 섬의 방향)으로 진행하기는 했지만 더 이상 아조레스 해역의 침하를 촉진시키지는 않았다. 때문에 폭발의 연쇄반응이 제 2 교차점에 도달했을 때 아틀란티스 대륙은 이미 침몰이 끝난 것으로 생각된다. 연결선을 따라 제 1교차점에서 제 2교차점으로 폭발이 번져갈 때까지의 거리는 거의 1200km, 초속 15m로 계산하면 그 참사는 '단 한 번의 불행한 낮과 단 한 번의 불행한 밤 사이에' 만 지속되었다 끝난 것이다.

아틀란티스와 같이 잃어버린 고대 대륙으로서 유명한 뮤 대륙에 관해서도 그 최후의 상황을 알리는 기록이 〈트로아노 고사본〉에 기록되어 있다.

'칸의 6년 11무르크, 사크의 달에 무서운 지진이 시작되어 13츄앤까지 쉴새없이 계속되었다. 언덕의 나라 뮤 대륙은 희생될 운명에 있었다. 대지는 두 번이나 치솟았다가 밤 사이 사라졌다. 지하 불의 작용에 의하여 대지는 끊임없이 흔들리고 여러 곳이 솟아올랐다 가라앉았다. 땅이 갈라지고 10개의 나라(민족)는 사방으로 흩어졌다. 그리하여 6400만의 주민은 그 나라와 더불어 침몰했다. 이 책을 쓰기 8060년 전의 일이다.'

'트로아노 고사본' 은 마야족의 표의문자에 의해 쓰여진 것으로 멕시코의 정복자 코르테스가 스페인으로 가져갔고 현재 마드리드 도서관에 보존되어 있다.

글 중에 11무르크, 13츄앤이라고 쓰여 있는 것은 마야의 달력으로 3일 간에 해당된다. 그 고사본이 기록된 연대는 1500년에서 4000년 정도까지 거슬러 올라가니까 지금으로부터 약 1만 2000년 전 3일 간에 걸친 무서운 지진에 뮤 대륙은 사라졌던 것이다. 뮤 대륙의 최후를 알리는 기록은 이집트에도 남아 있다.

'저무는 태양은 연기 속에서 불덩이가 되어 노한 얼굴을 드러냈다. 그 불덩이가 사라지자 곧 저녁이 오고 번개가 번쩍였다. 한밤중에 뮤 대륙은 무너지고 흩어졌다. 대지는 지옥의 밑바닥으로 떨어졌다. 화염이 피어올라 뮤의 나라를 감쌌다.' – 〈이집트의 고기록〉

그 이외에 뮤 대륙이 실재했던 것을 알리는 내용이 여러 곳에서 발견되었다. 멕시코의 유카탄 반도에 있는 우슈말 유적의 신전 벽에 '이 신전은 우리들 신조의 원조인 뮤 국을 추모하기 위해 지어졌다'는 문자가 새겨져 있다. 그리고 신전의 내부는 뮤 대륙이 있었던 서쪽을 향하고 있다.

캄보디아의 안콜톰 유적에 있는 사자상은 모두 뮤 대륙

이 있었던 동쪽을 향하고 있다. 그리고 사자들의 입은 모두 '뮤'라고 발음하는 모양이라고 한다. 즉 뮤 대륙이 존재했던 것은 확실하며 침몰한 때도 1만 2000년 전이 틀림없다고 생각된다. 뮤 대륙의 연대가 아틀란티스의 침몰 연대와 거의 일치하는 것도 지구를 뒤흔들었던 우주 규모의 대공황과 관계가 있지 않을까.

지하 가스대가 침몰의 원인이라는 해석

아틀란티스의 침몰에 대해 다른 가설을 세우고 있는 학자들도 있다.

제임스 처치워드는 아틀란티스가 지각의 변동에 의해 사라졌다고 주장한다. 그리고 그 원인은 지하의 가스였을 것이라고 생각한다.

지각의 표면에 가까운 부분의 화암석 암층에는 벌집 같은 큰 공동(空洞)이 있고, 그 공동에서는 고압가스가 나오고 있다고 한다. 공동의 가스가 모두 빠지면 주위의 압력에 의해 공동이 찌그러진다. 그 결과 공동의 윗부분에 있던 대지가 지하 속으로 떨어져 내린다는 것이다.

처치워드의 학설에 의하면 가스가 차 있는 공동은 지하의 얕은 곳과 깊은 곳에 있는 것의 분포가 달라서 얕은 부분은 공동의 수가 적고 깊은 부분으로 갈수록 공동이 많아진다고 한다. 지표에서 가장 가까운 곳에서 A층, B층, C층으로 분리해서 보면 A층은 8km, B층은 16km, C층은 24km의 두께로 되어 있다.

A층의 공동은 각각 고립되어 주변 공동과 연결되어 있지 않고 B층의 공동과도 연결되어 있지 않다. 즉 어떤 특별한 일이 일어나지 않는 한 A층 공동 안의 가스는 줄거나 늘거나 하는 일이 없다. 때문에 그 속의 가스압력이 높아져서 폭발하는 사태는 일어나지 않는다. B층이 되면 그 형태는 좀 달라진다. B층의 공동은 서로 연결되어 있을 뿐 아니라 C층과도 연결되어 있다. 그리하여 C층에서 쉴새없이 신선한 가스를 보급받고 있다. A층의 공동을 '죽은 공동'이라고 하면 B층의 공동은 '활동하는 공동'이다. C층의 공동은 B층과 같은 형태지만 수량이 많고 치밀하게 분포되어 있다. 그리고 그 하층은 지구의 내부, 즉 질척질척한 용암이 들끓고 있는 마그마에 연결되어 있다.

그러한 구조 속에서 C층에 가득찬 가스는 B층으로 옮겨진다. 그러나 B층에는 C층처럼 가득찬 가스를 배출할 곳이 없기 때문에 공동 안의 압력이 점점 높아진다. 따라서 그 한계를 넘게 되면 공동의 팽창에 의해 생긴 균열을 통해 가스는 A층의 공동으로 흘러 들어간다. 그렇게 되면 A층의 공동도 팽창하여 가스가 천장을 뚫고 지표로 배출된다. 그런 현상이 화산의 분화이다.

뮤와 아틀란티스를 연결하던 거대한 가스대

화산의 분화가 일어나면 지상의 육지는 큰 굉음과 더불어 땅 속에서 분출하는 격렬한 화염에 휩싸이게 되고 그것이 끝나면 육지는 사라지는 것이다. 해저 속으로 침몰하기 때문이다. 천장에 구멍을 만든 공동은 그 속에 남아 있는 가스만으로 이전처럼 천장을 유지할 수 없어, 바람 빠진 풍선처럼 무너져 내린다. 그런 지하공동의 함몰 때문에 상층의 지각은 그 속으로 이끌리듯 붕괴해 버리는 것이다.

그런데 C층의 공동은 위쪽의 B층과 연결되어 있는 것과 동시에 옆으로도 연결되어 있다. 그 옆으로의 연결은 무한으로 이어져 있다. 대륙에서 바다로 또 바다 밑에서 대륙 밑으로 끝없이 연결되어 마치 지구를 둘러싸는 띠같이 되어 있는 것이다. 즉 가스대라고 불리는 화산대인 것이다.

처치워드는 뮤 대륙에서 동쪽으로 향하고 있는 가스대가 두 곳 있다고 생각하고 그 두 곳의 가스대를 대중앙 가스대라고 부른다. 대중앙 가스대는 뮤 대륙에서 나와 하나는 유카탄 반도, 또 하나는 중미 지대를 횡단한다. 그리하여 대서양으로 나와서 한쪽은 아조레스 제도를 경유하여 아틀란티스 해역과 포르투갈, 스페인을 거쳐서 유럽에 이른다. 또 하나는 중미에서 대서양, 아틀란티스 해역으로 향하다 아프리카의 북서부를 지나 지중해를 거쳐서 소아시아로 향하는 것이다.

사실 이 두 곳의 가스대는 같은 시기에 생성된 것이 아니다. 두 곳의 가스대 중 남쪽을 달리는 가스대는 북쪽의 가스대보다 늦게 생긴 것이다. 그러나 남쪽 것이 북쪽 것보다 깊은 곳에 있는 것 같다.

그런 점은 아틀란티스의 침몰과도 관계가 있다. 아틀란티스의 침몰은 한 번의 지각변동 때문이 아니라 두 번의 변동에 의해 일어났다는 설이 있는데 그런 설과 상통되기 때문이다. 즉 한 번의 가스대 변동으로 북쪽이 먼저 침하되고 그 다음에 남쪽이 침하된 것으로 되어 있다. 아틀란티스 대륙이 해저에 침몰되면서 대서양에는 아틀란티스 용적만큼의 빈자리가 생겼을 것이다. 그리고 그 자리로 바닷물이 흘러 들어 갔기 때문에 대서양 곳곳에 영향을 미쳤을 것이다. 대서양에 직접 면하고 있는 해안에서는 바닷물이 밀려나가면서 얕았던 해안의 상당 부분이 육지가 되었을 것이다. 그러한 영향이 가장 많이 나타난 곳은 다음의 4지역일 것이다.

1. *남미의 아마존 해가 소실되었다. 현재의 아마존 강 지역은 한때 해양의 일부였는데 육지로 변한 것이다.*
2. *캐러비안 해에 플로리다 반도가 돌출하며 생겨났다.*
3. *미국의 미시시피 계곡이 건조해졌다.*
4. *미국의 세인트로렌스 계곡이 건조해졌다.*

그 밖에도 아틀란티스 대륙은 여러 지역에 영향을 주었을 것이다. 적어도 대서양에 닿는 해변이나 해양은 공동의 함몰에 따라 상당한 지형변화가 있었을 것이다.

유럽 뱀장어는 아틀란티스를 알고 있다

모든 아틀란티스의 유물은 섬과 함께 침몰했지만 여기에 훌륭한 증인이 하나 있다. 인류가 잊어버린 과거를 어느 동물은 잊지 않고 있다. 고고학자는 그 동물이 지금부터 1억 3600만 년~6500만 년 전부터 존재하고 있다고 한다. 그 동물이 바로 유럽 뱀장어이다.

유럽 뱀장어는 침몰한 섬, 아틀란티스와 중대한 관계가 있다. 그들은 살아 있는 동안 거대한 대서양을 두 번 횡단하고 생을 마감한다. 한 번은 무색의 유리 같은 뱀장어로서, 다른 한 번은 성장하여 결혼 적령기의 뱀장어로서 대서양을 횡단하는 것이다. 뱀장어는 담수보다 얕은 바다에서 훨씬 위험한 경우를 많이 당하게 된다. 하지만 뱀장어는 그 이상한 습관을 버리려 하지 않는 것이다. 그런 현상에 대해서 여러가지 가설이 세워지기도 했다. 하지만 요하네스 슈미트가 처음으로 본격적인 연구를 해서 뱀장어의 생활주기를 명확히 확인한 뒤 여러 가지 사실을 알게 되었다.

뱀장어의 생활은 사르가소(Sargasso, 북아메리카 바하마 제도 동쪽의 해역) 해의 거대한 해초 숲에서 시작된다. 그 바다는 아조레스 해역의 서쪽에서 남서쪽까지 걸쳐 있는 넓은 온수해역이다. 사르가소는 해초를 의미하는데 그런 이름에 어울리도록 끝없이 해초 숲이 계속되는 바다인 것이다. 그 낙원 같은 바다에서 뱀장어는 짝을 짓고 미국 뱀장어는 서쪽에서, 유럽 뱀장어는 동쪽에서 산란을 한다. 알에서 태어난 어린 뱀장어는 본능적인 방랑벽을 지니고 있어서 어릴 때 해초의 숲에서 살다 차츰 해수가 소용돌이치는 곳으로 가게 된다. 거기서 어린 뱀장어들은 멕시코 만류의 따뜻한 흐름에 이끌려 서유럽의 해안으로 흘러 들어간다. 그렇게 시작된 여행은 3년 동안 계속 된다. 뱀장어들은 무수한 육식어류에 희생되지 않는 한 유럽 근처까지 갈 수 있게 된다. 그 곳에서 무리가 갈라져 암컷은 바다에 머물고 수컷은 유럽의 강으로 들어간다. 강으로 간 수컷들은 상류로 거슬러 올라간다.

5년 후 생식력을 구비하게 될 만큼 자라면 그 때까지 헤어져 있던 암컷과 수컷은 다시 만나게 된다. 강물이 바다와 합치는 곳에서 성장한 암컷은 강을 타고 내려오는 수컷을 만나 사르가소 해를 향한 여행을 시작한다. 자신들이 태어난 고향바다로 향하는 그 여행에도 대형 어류들이나 바다

새들에게 잡아먹힐 위험이 따른다. 140일 가량 걸리는 대장정에서 살아남은 뱀장어들은 사르가소 해의 해초 속에 몸을 숨기고 교미를 한다.

그런데 그런 생명주기에는 의문이 따른다. 그렇게 위험한 여행을 왜 하는 것일까?

그 외에 또 이해할 수 없는 것이 있다. 사르가소 해 근처에는 서인도 제도가 있는데 유럽 뱀장어는 왜 서쪽으로 가지 않고 동쪽으로 가는 것일까. 위험을 감수하면서 먼 유럽으로 향하는 것은 무엇 때문일까.

그런 의문들에 대해서는 다음 지도를 보면 해결될지도 모른다. 이 지도는 아틀란티스 침몰 이전의 서대서양이다. 아틀란티스 서해안에는 멕시코 만류가 흐르지만 해류는 반대로 흐르고 있다. 멕시코 만류의 주류는 사르가소 해역을 순환하는 코스를 택하게 되는 것이다.

즉 멕시코 만류는 동쪽으로는 하천이 많은 아틀란티스에, 그리고 서쪽으로는 그 섬보다 하천이 더 많은 중미나 북미와 접촉하게 된다. 그 멕시코 만류가 뱀장어를 바다에서 강으로 나가게 하고, 반대로 강에서 바다로 되돌아가게 하는 것이다. 그리하여 뱀장어들은 해수와 담수 사이를 오

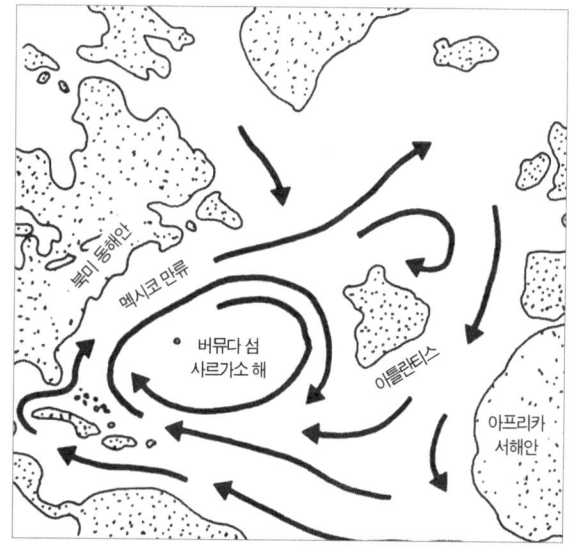

뱀장어의 이동 경로

1만 2000년 전까지 멕시코 만류의 주류는 아틀란티스 섬에 의해 막혀서 사루가소 해를 순환하고 있었다. 그러나 아틀란티스 섬이 침몰한 뒤는 그 흐름이 아프리카 서 해안으로 직접 흘러들어 가게 되었다.

가며 특수한 삶을 살게 된 것이다. 태고에 멕시코 만류에 둘러싸인 사르가소 해의 해초 숲은 뱀장어의 교미를 숨겨 주기도 하고 죽은 뱀장어의 묘지가 되기도 했다. 큰 육식어류에 쫓기게 되면 해초 숲은 어린 뱀장어를 숨겨주는 안전한 장소가 되었다. 그리고 해류는 성장해 가는 뱀장어를 서쪽이나 동쪽에 있는 대륙의 하구까지 데려다주기도 했다.

이런 뱀장어의 삶은 그 해류를 있게 했던 아틀란티스 섬이 없어지자 동시에 중단되었다. 그러나 본능만은 살아남았다. 태고적부터 본능에 의해 생활해 온 뱀장어는 아틀란티스 섬이 없어지고 사르가소 해 주위의 한류가 없어진 것을 몰랐지만 이전과 같이 멕시코 만류에 몸을 맡겼다. 하지만 멕시코 만류는 해초 숲을 거치지 않고 뱀장어들을 대서양을 거쳐서 유럽까지 데리고 갔다. 그런 먼 거리의 이동으로 뱀장어는 생존에 큰 위협을 받지만 현재도 뱀장어는 삶의 최초와 최후를 사르가소 해의 보호해역에서 보낸다.

유럽 뱀장어는 그들이 지닌 본능을 아직도 따르고 있다. 이런 본능이야말로 한때 아틀란티스 섬이 있었다는 중요한 증거라고 생각할 수 있다. 이렇게 해서 뱀장어의 수수께끼는 어느 정도 풀린 것으로 생각한다.

신빙성이 결여되는 '해저침몰설'

19세기에 등장한 근대 최고의 아틀란티스 연구가 이구아슈스 도넬리(Iguatius Donnelly)도 남대서양에 주목하여 '아틀란티스 대륙의 소재지로 생각되는 최고 유력지는 남미와 아프리카 대륙을 연결하던 연락육교다'라고 추측했다.

초고대의 지구에서 대륙은 여러 가지 변화를 반복했다는 것은 이미 말한 바와 같다. 5대륙으로 대표되는 대륙과 대륙 곁에 있는 섬(일본도 그 중의 하나)은 거대 대륙으로부터 분리되어 독립한 것이지만 애초에는 이어져 있었기 때문에 인류나 동물의 전파가 가능했던 것이다.

도넬리의 설은 독일의 해양학자인 마래즈 박사가 이어받아 연구를 계속하고 있다. 마래즈 박사의 영향을 받은 독일의 한스 피터슨 교수도 《아틀란티스와 대서양》이라는 저서에서 '1만 년 전에 중앙 대서양 해역이나 그 부근에 사람들이 살고 있었다는 가능성을 생각할 수 있다'고 주장하므로써 아틀란티스 대륙이 그 근처에 있었을 것이라는 점을 암시하고 있다.

실제로, 이제까지 많은 연구가들이 아틀란티스가 바다 밑으로 침몰했다면 남대서양 일대일 것이라고 생각했다. 그래서 그 해역 일대에서 무엇인가 발견될 때마다 '이번에는 아틀란티스의 유물이 발견되었다'고 떠드는 것이다. 예를 들면 1986년 비미니 섬 근처의 해저 깊은 곳에서 거석으로 된 건물이 발견되었고, 1989년에는 플로리다의 먼바다에서 해저 피라미드가 발견되었다고 보도되어 세계를 놀라게 했다. 그러나 그런 보도가 나온 이후 뒤따르는 소식은 없었다.

현재 인공위성에 내장된 지상탐사기는 사막 밑에 건설한 원자력 발전소의 설비까지 사진으로 찍어낸다고 한다. 그 정도의 기능을 가진 탐사기로 해저를 살펴보면 거대한 도시의 유적 같은 것은 쉽게 찾아낼 수 있지 않을까.

플라톤은 '아틀란티스는 한 번의 낮과 한 번의 밤 사이에 바닷속으로 침몰되었다'고 확실히 써놓고 있다. 하지만 기억하길 바란다. 플라톤의 말은 원래 솔론이 이집트의 신관에게서 들은 이야기이다. 사람들을 통해 전해지는 말은 사람들의 입을 통할 때마다 미묘하게 변한다. 아틀란티스 최후의 상황에도 어떤 각색이 추가된 것이 아닐까. 아틀란티스는 바다에 침몰한 것이 아니라 바다의 해수가 높아져 결과적으로 바닷속으로 가라앉게 된 것이 아닐까. 그렇다면 해수가 제자리로 돌아온다면 아틀란티스 대륙은 해저에 있지 않고 세계 어느 곳에 엄연히 존재하게 될 것이다.

오늘날까지 온대나 열대에 있는 어느 정도의 규모를 가진 섬은 모두 탐험되었다. 아틀란티스의 비밀을 간직한 채 아직도 인류가 탐사하지 못한 곳은 두터운 빙산에 뒤덮힌 극지밖에 없을 것이다.

왜 그 시기에 대형동물들이 절멸했는가

앞에서 여러 차례 언급했지만 아틀란티스 멸망시기는 대형동물이 대부분 절멸의 위기를 만났던 시기와 때를 같이한다. 그것은 도대체 무엇을 의미하는가. 그때 지구에 대격변이 있었던 것은 아니었을까.

이제까지 지구상에서 가장 극적인 절멸극이 있었다면 그것은 공룡들의 절멸일 것이다. 1억 년에 걸쳐 지구에 살았던 그들은 너무 단기간에 그 모습을 감추고 말았다. 공룡

절멸의 원인에 관한 이론 중 가장 흥미로운 것은 우주선의 강도가 갑자기 증가하여 그 환경변화에 공룡들이 적응할 수 없었기 때문이라는 설이 있다.

백아기 말에 공룡들이 겪은 것은 태양계의 소혹성이 폭발하면서 우주선의 강도가 단기적으로 그 때까지의 몇십 배 내지 몇백 배로 증가한 불운이었다. 그런 상황에서는 공룡이라 할지라도 살아남기 힘들었을 것이다. 따라서 극히 짧은 시간에 공룡의 모습은 지상에서 사라지고 만 것이다.

그 후 많은 시기를 거친 뒤 매머드의 절멸이 있었다. 현재 밝혀진 매머드의 절멸은 두 개의 주기로 설명된다. 첫 번째 주기는 약 4만 5000년~3만 년 전이다. 두 번째 주기는 약 1만 2000년~1만 1000년경에 해당된다. 그 두 주기는 지질학적으로 홍적세(洪積世, Pleistocene epoch—신생대 제4기에서 최근에 1만 년을 제외한 약 170만 년 전부터 약 1만 년 전까지의 시대) 말에서 충적세(沖積世, Holocene epoch—홍적세의 대빙하가 녹은 다음의 후빙하 시대)라고 불리는 시기에 해당된다. 빙하기와 간빙기가 몇 번이나 교대해서 일어난 지구역사 속에서도 드문 현상을 보였던 시기다.

아마 그림책에서 보았겠지만, 사람들은 빙하기라고 하면 흔히 야자수가 자라는 열대 밀림의 강들이 눈에 덮히고 강과 호수가 얼어붙은 모습을 떠올린다. 하지만 실제로 빙하기라고 하는 것은 고위도의 바다에 빙산이 형성되는 것일 뿐 열대까지 얼어붙는 것은 아니다. 지구 전체가 얼어붙는다면 그 시기를 기점으로 하여 지구는 생명이 있을 수 없는 천체가 되었을 것이다. 예를 들면 현재의 화성처럼, 생명이 존재했던 흔적이 조금 남아 있지만 지금은 어떤 생명도 살지 않는 죽은 별이 되어 있을 것이다.

빙하기에는 고위도 지방에서 이뤄진 빙산의 가장 아래쪽 얼음이 바다로 들어가고 그 해수가 전해양을 순회한다. 그리하여 저온의 바닷물을 품은 해양은 서서히 지구 전체의 온도를 저하시키는 것이다. 하지만 지표 전체가 얼어붙지는 않는다. 그 때문에 빙하기에 적응한 생물은 존재했고 지구에 생명이 없어지는 일은 없었던 것이다.

매머드의 절멸기에 사향노루, 마스토돈(mastodon) 같은 거대한 온혈동물들도 절멸의 위기에 처했다. 그런 사실로 미뤄보아 당시 두 번에 걸쳐 지구의 온도가 급변해서 온혈동물들이 생존할 수 없는 환경변화가 생긴 것으로 추측된

다. 툰드라 밑에서 매머드가 발견됐기 때문에 우리들은 온
혈동물을 절멸시킨 것이 빙하기의 도래 때문이 아닌가 생
각하기 쉽다. 물론 빙하기는 지상을 얼음으로 뒤덮고 산맥
에는 만년설을 쌓이게 했다. 계곡은 빙하로 채워졌고 그 때
까지 아한대였던 곳에서는 식물이 자랄 수 있는 온도가 서
서히 사라지고 극지방부터 동결이 시작되었다. 그와 동시
에 나무들은 시들어 죽고 풀도 자라지 않게 되어 동물들은
식량 부족 때문에 죽어갔던 것이다.

　반면에 그 시기 아열대 지방인 사바나는 고온다습한 초
원이 펼쳐지고 동물들에게는 낙원이 펼쳐졌던 것이다. 비
극은 오히려 빙하기에서 간빙기로 옮겨갈 때 더 심각해졌
다. 그 시기에는 극지의 얼음이 녹으면서 무너져 내린 빙산
덩어리가 무서운 힘으로 아한대에서 온대의 바다로 유출
됐다. 더욱이 극지의 빙산이 녹아 대량의 물이 밀려와 해수
면은 갑자기 높아졌다. 그때까지 동물들의 최대 분포지였
던 바닷가의 땅도 침수당하자 아열대나 열대는 기온이 수
십 도 이상 올라가고 동물들은 갈증으로 죽게 되었을 것이
다.

　현재 사막이 거의 불모의 땅이 된 것은 물 부족 때문만은

아니다. 맹렬한 고온이 몸에 필요한 수분을 빼앗아 버렸기 때문에 보통 생물은 말라죽게 되는 것이다. 빙하기와 간빙기가 자주 교체되었던 그 시기에 매머드를 비롯하여 많은 동물들이 잇따라 절멸된 것은 그런 사정 때문이었다.

반대로 간빙기에서 빙하기로 이동하면서 기후 조건의 격변으로 식량의 급감과 함께 동물들의 종류와 수도 급격히 감소한다. 그러나 살아남은 동물들은 환경 변화에 적응하면서 살 수 있는 땅을 찾아서 이주했기 때문에 그들은 결코 절멸하지는 않았다. 그럼에도 불구하고 매머드는 사라졌다. 왜 그렇게 되었을까.

매머드가 절멸되었던 두 번째 주기는 아틀란티스 멸망의 시기와 중복된다. 그 때쯤 지구는 빙하기에서 간빙기로 변해가고 있었다. 한냉지의 얼음이 녹으면서 해면의 수위는 날마다 상승하고 있었다. 아틀란티스 대륙에도 물이 넘쳐흘렀다. 물론 그것은 서서히 다가왔을 것이다. 그러한 상태에서 거대한 규모의 지진과 화산 폭발이 동시에 일어났을 것이다. 지진은 또 해일을 동반한다. 그런데 그 때 이미 간빙기가 시작되었고, 항구나 해안선에서 내륙으로 떨어져 있던 아틀란티스의 수도도 전에 볼 수 없던 높은 수위가 되었을 것이다. 거기에 지진과 해일이 엄습했으니 아틀란티스는 지탱할 수 없었을 것이다.

따라서 아틀란티스가 하루 만에 바다에 침몰되었다는 플라톤의 표현은 그러한 현상을 알리려 한 것이 아닐까. 그리하여 그 때 지각이 이동해서 극지로 옮겨진 것이 아닐까. 아틀란티스는 바다에 침몰하는 위기에 처하면서 동시에 극지가 되어 버린 것이 아닐까.

우주인과의 연결을 입증하는 사실들

인류 문명의 역사를 생각할 때 좀 이상하게 생각되는 것은 인류가 발생한 후 수백만 년 동안이나 동굴에서 살고, 들판의 풀을 먹고, 동물을 잡아서 식량으로 하는 등 거의 동물적인 생활을 하다가 어느 때 갑자기 고도의 문명을 갖게 된 것이다. 그것은 돌연변이라고 부를 수 있을 만큼 극적인 진보였다.

문제는 그 극적인 진보가 우주에서 온 다른 생명체, 우주인의 기술 원조 때문이 아닌가 하는 설이다. 그렇게 생각하는 데는 몇 가지 이유가 있다. 태고의 지구에 우주인들이 왔다는 것을 입증하는 물증은 많다.

그 중에 다음과 같은 예를 들 수 있다.

나스카의 지상 그림

지상에서 보면 무엇이 그려져 있는지 확실하지 않지만 높은 상공에서 보면 개, 원숭이, 고래 같은 확실한 형체를 지닌 그림들을 남미 페루에 있는 나스카의 지상 그림에서 볼 수 있다. 구체적인 것을 나타내는 그림 외에도 잘 알 수 없는 기하학적 줄이 몇 개나 그려져 있다. 그 줄은 우주인들이 지구로 날아 올 때 길을 안내하던 유도로라는 설이 유력하다.

파렌테의 우주비행사 모습

멕시코의 열대림에 있는 고대 유적의 하나인 '파렌테'의 피라미드 속에 있는 관 뚜껑에는 현대의 아폴로 비행선과 같은 구조의 비행선을 탄 우주 비행사의 모습이 새겨져 있다. 비행사는 현대의 것과 똑같은 우주복을 입고 조종대를 잡고 있다. 그것은 바로 고대의 지구에 우주선이 날아온

나스카 지상 그림

남미 페루에서 발견된 지상 그림들 중의 하나로, 꼬리가 나선형인 원숭이의 모양을 하고 있다. 전체 길이는 약 80m이다.

것을 의미하는 것이다.

콜럼비아의 황금 제트기

남미 콜럼비아의 고대 유적에서는 황금의 셔틀 모형이 많이 발견되었다. 그 황금 셔틀은 현대 항공 전문가의 감정에 의해 '항공역학적으로 대단히 합리적인 형태다' 라고 인정되었다.

또 사하라 사막, 오스트리아, 지상 그림이 있는 나스카 근처에 있는 파제스타 섬, 일본의 북해도에서도 우주인의 것으로밖에 생각할 수 없는 이상한 그림들이 암석에 그려져 있는 것을 발견했다. 그러한 사실에서 고대 지구에는 적지 않은 우주인들이 날아와 그들의 발달된 문명을 전했을 것이라고 생각할 수 있다.

뮤 대륙과 아틀란티스 대륙은 동시에 사라졌다

앞에서도 말한 바와 같이 아틀란티스와 거의 같은 1만 2000년 전 태평양에는 뮤라고 불리는 대륙이 있었다. 그 대류에서도 찬란한 문화가 꽃을 피웠던 것으로 알려져 있다. 아틀란티스와 같이 번영했던 뮤 대륙도 어느 날 홀연히 바닷속으로 사라져 버렸다고 전해오고 있다. 뮤 문명에 대해서는 자세한 상황을 전하는 점토판이 남아 있다.

그 점토판을 해독한 영국의 처치워드에 의하면 뮤 대륙은 인구 6000만의 대국이었다. 뮤에는 히라니프라라는 수도가 있었다. 히라니프라의 언덕 위에는 백악(석회로 칠한 흰 벽)의 왕궁과 신전이 있었다고 한다. 그 나라에는 일곱 개의 큰 도시가 있었다. 도시와 도시 사이는 돌로 닦은 길로 연결되었고 사람들은 온화한 기후가 생산하는 과일과 야채 등 풍요한 자연의 혜택을 받으며 아무 부족함 없이 살았다. 그러나 어느 날 뮤도 갑자기 멸망하고 말았다. 그 최후의 모습이 아틀란티스와 너무 닮아 있는 것이다. 뮤의 최후도 어느 날 갑자기 아무런 전조 없이 시작되었다.

'…무서운 지진이 시작되었고 쉴새없이 이어졌다. 대지는 두 번 솟아올랐다 밤 사이 없어졌다.'

처치워드는 뮤의 멸망에 대해 자세히 분석했다. 뮤 대륙의 밑으로는 수많은 가스구멍이 몇 층으로 쌓여 있었다. 그 결과 지층까지 가스가 가득 차서 폭발했기 때문에 돌연 대지가 붕괴되고 바닷속으로 함몰했다고 보고했다. 처치워드의 보고는 더 계속되지만 여기까지의 이야기만 들어도 뮤와 아틀란티스는 쌍둥이처럼 닮은 데가 많다는 것을 느끼게 된다. 때문에 두 대륙은 같은 뿌리에서 태어난 문명인 것이다.

그 뿌리는 무엇인가? 더 이상 말할 것도 없다. 문명의 발달이 늦는 지구인들을 돕기 위해 먼 우주에서 온 우주인들의 가르침이 있었다는 것 외에 무엇을 생각할 수 있겠는가.

지구의 문명은 우주인에 의해 개발되었는가

아틀란티스 문명이나 뮤 문명은 인류사에서 '돌연변이'로 꽃피웠던 문명이었다. 따라서 그 문명은 이미 고도의 문명을 이룩했던 우주인들에게 배운 기술을 바탕으로 발전했다고밖에는 달리 생각할 수 없다. 실제로 예부터 '남극 대륙은 우주기지였다'는 주장이 있었다.

지상탐사 위성 랜드샛이 찍은 남극 대륙 사진의 한가운데가 평원으로 나타났다. 그 위를 덮고 있는 두터운 빙하를

걷어내면 우주선 기지로서 최적의 장소가 될 수 있다. 어쩌면 빙하층 아래에는 우수한 우주기지가 설치되어 있고 우주인들이 부단히 일하고 있는지도 모른다.

서아프리카의 마리공화국에는 드곤이라는 부족이 있다. 현재 드곤족의 인구는 200만 정도로 아프리카의 부족 중에서도 그 수가 상당히 많은 편에 속한다. 그런데 드곤족에게는 이상한 신화가 전해 내려오고 있다. 그 신화에 의하면 인간에게 문명을 가져다 준 것은 시리우스 성계의 별에서 온 정령(精靈)이라는 것이다. 그 정령이 가르친 지혜를 형체화한 것이 인간의 문화이며 문명이라 한다.

이야기는 먼저 겨울 하늘에서 가장 밝게 빛나는 별 시리우스C의 주변을 공전하는 혹성 니안드로에서 지구에 온 지적 생물 논모에 대한 이야기부터 시작된다.

'논모는 양생인으로 물고기의 땅에 산다. 물의 지배자, 또는 교시자, 감독자로 불린다. 그 땅은 청정한 곳이지만 우리들 인류, 오고의 땅은 부정한 땅이다. 논모는 청정한 물고기의 땅에서 회전하는 배를 타고 오고의 땅으로 내려왔다' —월간《뮤》별책·〈세계 초문명 대백과〉

드곤족의 전설에는 시리우스계의 별 이야기가 중요한

대목으로 이야기되었는데 그 이야기에 주목한 사람은 영국의 천문학자이며 문화인류학자인 로버트 템플이었다. 템플은 드곤족이 신뢰할 만큼 그들과 가까이 지내면서 그들이 상상을 초월하는 천문지식을 지닌 것을 알게 되었다. 그 지식은 다음과 같다.

1. 하늘에서 제일 중요한 별은 인간의 눈에 보이지 않는 포·드로(우주에서 제일 작은 별)이다.

2. 포·드로는 밤하늘에서 제일 밝은 '어머니별'을 50년에 한바퀴 돈다.

3. 포·드로는 긴 타원형을 이루며 돈다.

4. 포·드로는 하늘에서 제일 작고 무겁고 흰색이다. 지상에 있는 무거운 금속으로 이뤄져 있다.

5. '어머니별'에는 포·드로보다 4배나 가볍고 지나가는 길도 보다 큰 앤매·야(제 3의 별)가 돌고 있다. 또 그 별을 돌고 있는 것이 논모(양생인)가 사는 니안·드로이다.

템플은 자신의 전문영역인 천문학 지식을 바탕으로 신

화의 내용을 검증했다. 그리하여 '어머니별'이 밤하늘에서 제일 밝은 시리우스A이며 그 연관으로 비춰보아 포·드로는 시리우스B라고 단정지었다. 하지만 시리우스A나 시리우스B 모두 인간의 눈으로는 볼 수 없는 별이다. 시리우스A는 광도(光度)가 −1.5이다. 기후조건이 좋을 때는 드물게 빛을 느낄 수 있지만 시리우스A라는 별의 존재를 의식하지 않는 한 알아볼 수 없을 것이다. 시리우스B는 광도 8.7인 어두운 별로 육안으로는 절대로 볼 수 없다. 시리우스B, 즉 시리우스 반성(伴星)인 그 별의 존재는 19세기에 고배율의 천체망원경이 생긴 후 시리우스A를 오랫동안 관측하다가 겨우 발견한 별이다.

그러나 드곤족은 적어도 12세기 때부터 이미 시리우스A, 시리우스B를 알고 있었던 것이다. 더욱이 시리우스B의 궤도 주기가 50년이라는 것도 알고 있었다. 또한 목성에 4개의 위성이 있는 것도 알고 있었다.

현재의 천문학에는 목성의 위성이 12개라고 알려졌지만 큰 것은 4개밖에 없고 나머지 8개는 극히 작다. 이중에 연구대상이 되고 있는 것은 큰 4개의 별들인 것이다.

아직도 원시적인 생활을 하고 있고 천체망원경 같은 것

을 가진 적도 없는 드곤족이 어떻게 이처럼 놀라운 지식을 지니고 있는 것일까. 어쩌면 태고 지구의 진실을 알아낼 열쇠를 갖고 있는 종족은 드곤족이 아닐까.

세계를 살펴보면 '우주에서 온 사자'에 의해 고도의 문명을 배우게 된 것이 아닐까 생각하게 하는 경우가 흔히 있다. 드곤족과 더불어 아틀란티스도 그런 경우의 하나가 아니었을까. 그러나 어느 시기를 기점으로 아틀란티스는 멸망하고 그 문명은 끝나고 말았다.

마야 달력에 있는 공포의 해가 다가오고 있다

마야 문명은 우주인과 가장 빈번하게 접촉했던 문명이라고 말한다. 앞에 언급했듯이 우주인이 지구에 접근했던 것을 나타내는 흔적도 마야 문명이 번성했던 중남미에서 가장 많이 발견되고 있다. 그 마야 문명에는 마야력(曆)이라고 알려진 만년달력이 있다. 이 달력에는 인간의 창세기부터 멸망까지의 모든 일이 적혀 있다고 한다. 모양은 원형으로서 원둘레에는 작은 문양이 새겨져 있다. 태고적부터 사용한 것으로 알려진 마야달력은 지금도 특수한 교육을 받은 사람들만이 판독할 수 있다고 한다.

마야달력에는 서력 2000년을 조금 지난 때에 아틀란티스라는 글자가 새겨져 있었다고 한다. 그리고 어느 날 그 글자를 읽은 마야인이 극도의 공포심으로 실신했다고 한다. 또한 글을 읽은 사람은 아무리 추궁해도 절대 입을 열지 않았다고 한다.

하지만 아틀란티스라는 글자만으로 실신한다는 것은 납득이 가지 않는다. 아마 그 옛날 아틀란티스 사람들이 겪었던 것과 같은 운명이 인류를 기다리고 있다고 새겨져 있고, 그 정확한 날짜까지 새겨져 있는 것은 아니었을까.

우리들의 문명이 여러 가지 의미로 막다른 길에 다다랐다는 것은 그 누구보다도 우리 인류가 가장 잘 알고 있다. 가장 걱정되는 것은 지구가 너무나 손상당한 것이다. 오존층의 구멍, 산성비, 지구상의 생물들에게 산소를 공급해 주었던 열대우림의 파괴…. 지구는 이제 말기 증상의 중환자같이 되었다.

하지만 현재의 인류는 자동차나 전기를 사용하지 않고는 살 수 없을 것이고, 아무런 제약 없이 열대숲을 태워가며 영세한 농업을 계속할 것이 틀림없다. 그러한 현실이 지구환경을 파괴하고 큰 기후변동을 일으키는 원인이 될 것이다.

아틀란티스 사람들과 같은 최후를 맞지 않으려면 인류는 당장 지구를 파괴하지 않을 새로운 삶을 모색해야만 할 것이다. 지구는 인간들만의 것은 아니다. 3000만 종이나 되는 모든 생명과 조화를 이루며 살아갈 수 있는 길을 모색하지 않으면 안 되는 것이다. 마야달력의 예언이 현실이 되지 않기를 바라면서 인류가 앞으로 살아갈 길을 깊이 생각해야만 한다.

마야달력이 제시하는 날은 2000년을 조금 지난 때라고 하는데….

역자 후기

북미에 살 때 책을 나눠보던 친구들은 가끔씩 아틀란티스에 관한 이야기를 했다. 상상하기도 쉽지 않은 태곳적에 뛰어난 문명을 이룩했던 그 대륙은 모든 길들이 수정으로 만들어져 있었고, 과학의 발달과 정신적 진보로 사람들은 말을 하지 않아도 서로의 느낌을 꿰뚫어 볼 수 있었다는 말을 하곤 했다. 그 때마다 나는, 그 이야기는 풍부한 상상력이 만들어낸 전설이나 신화 같은 이야기일 뿐이지 사실이라고는 생각하지 않았다.

그러나 어느 날 갑자기 바닷속으로 사라져 버렸다는 그 대륙은 나의 상상 속에서 가끔씩 영상으로 나타나기도 했다. 우주인 같은 모습을 한 사람들이 영롱한 수정으로 만들어진 길 위를 미끄러지듯 오가고 있는 모습들이….

이집트에 갔을 때 왕의 무덤에 그려진 벽화를 보고 나는 가족들에게 엽서를 썼다.

'이집트 문화의 원천은 우주에서 온 것 같다. 그런 해석을 내리지 않으면 이 모든 것을 설명하기 어렵다. 인간들의 삶이 아직도 미개했던 그 시절에 어떻게 이런 성숙한 문화를 꽃피울 수 있었던 것인가.'

남미에 있는 마야 문명의 유적이나 높은 상공에서만 그 모습이 드러나는 나스카의 지상 그림들, 우주선의 활주로로 알려진 흔적을 보았을 때 현재까지도 확실히 규명되지 않은 고대의 신비를 느낄 수 있었다.

신비란 진리를 모르는 사람들이 하는 소리라고 한다. 인류 역사상 진리를 밝히는 일이 가장 많이 진행되고 있는 요즘, 아틀란티스에 관한 호기심이나 연구 역시 신의 본체인 진리에 다가가려는 인간의 염원이며 노력일 것이다.

고고학을 통한 연구나 발견이 형이상학적인 깨우침과 보조를 맞추어 보다 쉽게 진리를 이해하는 데 도움이 되는 시대가 온 것이다.

바다를 사랑하였던 어린 시절 나의 꿈은 큰 배를 타고 세계 여러 곳을 여행하는 것이었다. 싱그러운 해상생활과 낯선 항구의 신비로운 광경을 상상하는 것은 어린 마음을 설

레게 했다. 그리고 그런 상상은 야자수나 열대 초목들이 우거지고 은빛 모래사장이 펼쳐진 남태평양의 어느 아름다운 섬으로 다가가는 새하얀 배의 모습으로 나타나곤 했다. 그리하여 내가 살게 될 미래는 모험과 기대에 부풀어 있었다. 그러나 자란 뒤 항해하는 고충을 알게 되고 세계와 인생살이도 알게 되면서 어린 시절 꾸었던 꿈에 미소짓게 되었지만, 그래도 나는 아이들에게 말하곤 하였다.

'바다로 가거라, 넓은 세계로 가거라.'

때문에 입시 위주의 공부를 하는 요즘 아이들을 보면 안타까움을 금할 수 없다. 각자의 전공에는 깊이 파고들어도 다른 분야에는 관심도 보이지 않는 것을 자랑으로 생각하는 전문가들이 많아진 우리 사회에 비해, 다른 선진국들은 전공과목뿐만 아니라 폭넓은 교양과목을 공부하며 대학원에 가서야 전문과목을 공부한다. 젊은이들이 다양한 경험을 할 수 있는 사회적 풍토가 조성되지 않은 점이 아쉽다. 창의력와 모험심 그리고 그 무엇보다 생생히 살아 있는 긍정적 에너지로 틀에 박힌 배움이나 인생관으로 살지 않으려는 마음가짐을 장려하고 싶다.

영화관에서 상영하는 예고편이나 젊은이들이 모여드는

콘서트를 볼 때면 모든 것이 극으로 치닫고, 귀가 멀 것 같은 큰소리로 충격을 주어야만 겨우 반응하는 젊은이들의 무감한 감성이 안타깝다.

우리들의 문명이 여러 가지 의미로 막다른 골목에 다다랐다는 것은 그 누구보다도 우리 인류가 가장 잘 알고 있다. 공해나 무관심이 지구를 상하게 하여 앞으로 살기 어려운 곳이 되리라는 경고를 듣고서도 해로운 일들을 멈추지 못하고 있다.

평화와 고요에 대한 관심도 한결 깊어진 이 시대에 그런 현상을 보면서, 풍요한 문명의 뒷길에서 타락하고 나태해진 사람들을 올바로 이끌려다 독을 마시고 죽어야 했던 소크라테스가 떠오른다. 또 그런 스승을 모셨던 플라톤이 만년에 아틀란티스에 관한 이야기로 사람들에게 경고하려는 마음 또한 이해할 수 있을 것 같다.

또 그 무엇보다 미국 대통령의 길을 버리고 아틀란트로거가 되어 베스트셀러를 두 권이나 쓰게 된 도넬리 같은 사람들의 뜻이나 열정도 이 책을 통해 알리고 싶다.

일본에서 이 책을 보았을 때, 문득 호기심에 의해 손에 들게 되었다. 그러나 이 책을 읽고 번역까지 하게 된 것은 앞에 말한 그 모든 느낌이나 이유가 동기가 되었다. 바라건대 보다 많은 사람들이 아틀란티스에 관심을 갖고, 그 문명을 규명하려는 사람들을 이해하며, 그 대륙이 상징하는 것이 무엇인가를 알 수 있는 좋은 기회가 되었으면 한다.

2000년 2월

김도희

【참고문헌】

《지도를 만든 사람들》, 존 노블 윌필드, (河出書房新社)

《플라톤 전집》, (岩波書店)

《아틀란티스는 남극 대륙이었다》, 랜드 & 로즈플렘 (學硏)

《침묵의 대륙─아틀란티스, 미스테리》, 南山 宏, (學硏)

《아틀란티스 대륙의 수수께끼》, 오토 무크, (佑學社)

《사라진 아틀란티스의 수수께끼》, 초과학연구회 編, (日本文藝社)

《아틀란티스, 사라진 낙원의 전설》, 金子史郎, (星雲社)

《세계 초고대 문명의 수수께끼》, 南山 宏 외, (日本文藝社)

《지구 수수께끼 기행》, 문예춘추 編, (文春文庫)

《초고대사 입문》, 佑治芳彦, (德間書店)

《세계 불가사의 백과》, 콜린 윌슨, (靑土社)

《인류는 두 번 태어났다》, 前川光, (大日本圖書)

《잃어버린 세계에의 여행》, (同朋社出版)

《지구》, (同朋社出版)

《초고대 문명의 수수께끼》, 佐藤有文, (그린 아로 社)

《해저 고고학》, A. M. 콘드라돕, (白楊社)

《수수께끼에 쌓인 고대 문명》, 찰스 배러릿프, (紀伊國屋書店)

《환상 대륙》, L. 스프래크 더 칸프, (大陸書房)

《아틀란티스 대륙》, L. 자이드랠, (大陸書房)

《뮤 대륙의 자손들》, 제임스 처치워드, (大陸書房)

《뮤 대륙의 수수께끼》, 金子史郎, (講談社)

《아틀란티스의 전설》, 제프리 앗슈, (平凡社)

《리듬적인 지구의 변동》, 增田富士雄, (岩波書店)

《지구 한가운데서의 생각》, 浜野洋三, (岩波書店)

《지구는 반숙된 계란》, 竹内均, (同文書院)

《대이변—지구의 수수께끼 탐사》, A. 레자노프, (講談社)

《가이아》, 제임스 라브로크, (NTT 出版)

《에베레스트의 정상은 바다였었다》, 小出良幸, (PHP 研究所)

《지구란 무엇인가》, 鈴木宇耕, (다이아몬드 社)

《환경지구과학》, 伊藤芳朗 외, (吉井書店)

《지구의 이야기》, 찰스 오피서 외, (靑土社)

《매머드에의 여행》, 매머드 발굴 프로젝트 감수, (일본 텔레비전)

《매머드는 왜 멸종되었는가》, 뵌시처친, (東海大學出版部)

《매머드와 공룡의 세기》, 로시킹, (文一總合出版)

《시베리아의 매머드》, E. W. 횟첸마이어, (法政大學出版局)

《아스 바인트》, 폴 듀로·존 스틸·데이비드 다브린, (敎育社)

《NEWTON—잃어버린 고대 문명》, (敎育社)

《월간 뮤》, 백 넘버, (學研)

지은이 · 오카다 히데오(岡田英男)

1949년 도쿄 출생. 와세다 대학 교육학부 졸업. 방송관계의 출판사를 거쳐, 고대사 연구의 길에 입문. 아틀란티스 대륙과 뮤 대륙의 자료를 소개하는 일을 하고 있다. 초고대 연구회 회원, 고대 문명 연구회 회원. 저서로는 《신들의 기억》 등이 있다.

옮긴이 · 김도희

부산 동래에서 태어나 대학 2학년 때 북미로 건너가 36년의 세월을 미국과 캐나다에서 거주하다 1989년 귀국했다. 서울대학과 미주리 주립대학, 컬럼비아 대학에서 공부했으며, 대학의 연구실과 정신병원 연구실에서 근무했다. 20대부터 소설을 써서 몇 권의 작품집이 있다. 역서로 《영혼들의 여행》이 있다.

아틀란티스의 비밀과 진실

오만한 문명에 대한 경고

지은이 · 오카다 히데오
옮긴이 · 김도희

초판 1쇄 인쇄 2000년 2월 10일
초판 1쇄 발행 2000년 2월 18일

펴낸이 · 한 순
영업 · 이희섭
교정 교열 · 김현만 남원주
펴낸곳 · 나무생각
출판등록 · 1998년 4월 14일 제13-529호

주소 · 서울특별시 마포구 서교동 328-13 송암빌딩 3층
전화 · (대) 334-3339, (편) 334-3308
FAX · 334-3318
E-mail · namu3339@hitel.net

값은 뒤표지에 있습니다.
ISBN 89-88344-12-X 03900

잘못된 책은 바꾸어 드립니다.